D1726731

Dominik Bernet
Der grosse Durst

Dominik Bernet

Der grosse Durst

Roman

Cosmos Verlag

Der Autor dankt folgenden Personen und Institutionen
für die Unterstützung seiner Arbeit:
Doris Weber, Roland Schärer, Wolfgang Holzner, Sabine Landes.
Der Fachstelle Kultur des Kantons Zürich,
dem Fachausschuss Literatur BS/BL,
dem International Writers' and Translators' House in Ventspils.

Lektorat: Roland Schärer
Umschlag: Stephan Bundi, Boll
Satz und Druck: Schlaefli & Maurer AG, Interlaken
Einband: Schumacher AG, Schmitten
ISBN 978-3-305-00421-8

www.cosmosverlag.ch

Für Vater
zum 75.

Vater war ein Ausserirdischer. Nicht irgendeiner, sondern ein naher Verwandter des berühmten Mannes mit dem roten S auf der gewölbten Brust. Die berechtigte Frage, weshalb mein Vater aus Stahl seinen Rutsch durch den Müllschacht mit Schrammen im Gesicht und blutigen Handknöcheln abschloss, schien mir vorerst zweitrangig. Ich war neun. Alles, was zählte, war die wundervolle Entdeckung, dass Vater vom selben Planeten stammte wie Superman. Unter den Ausserirdischen gehörte er zweifellos zu den Gewinnern.

Umso schwerer fiel es mir, meine plötzlich prominente Herkunft wenigstens vorübergehend für mich zu behalten. Denn Ettore stand neben mir vor dem Superman-Filmplakat, den linken Daumen im Gürtel eingehakt wie John Wayne, und nörgelte an Christopher Reeves Torso herum. Ettore und ich hatten denselben Heimweg. Und Ettore wusste alles. Wenn er etwas nicht wusste, wusste er es besser. Das hatte er von seinem Vater, Herrn Giovannini. Der wiederum holte seine unerschöpflichen Kenntnisse über sämtliche Gebiete dieser Erde und ihres Sonnensystems aus den Windungen der italienischen Motoren, mit denen er sich an jedem christlichen Werktag beschäftigte. Dass ich Herrn Giovanninis schmalzige Frisur auf die täglichen Ölwechsel zurückführte, behielt ich für mich. Wenn es um seinen Vater ging, verstand Ettore keinen Spass.

Geradezu sakral wurde es jeweils am Samstag. Direkt vor dem Ausgang unserer Primarschule stand dann ein roter Alfa Romeo Giulia Nuova Super 1300 mit zwei Rädern auf dem Trottoir. Ein dicht behaarter Unterarm hing locker aus dem Fenster, der Motor räusperte sich nervös. Ettore schritt um die Kühlerhaube wie ein Ministrant beim Messedienst. Vor der Tür zum Beifahrersitz blieb er stehen und stellte sich auf die Zehenspitzen. Weihevoll spähte er über das Dach hinweg in die Reihen der Gläubigen. Wir konnten nicht anders, als das makellos glänzende Gefährt jeden Samstag von

Neuem zu bewundern. Meine Comics waren wahrer, als Mutter glauben wollte. Ettore war ein strahlender Asterix, ich ein geschundener Römer. Er genoss sämtliche Vorzüge eines Gustav Gans, während ich mich als Donald durchs Leben schlagen musste – ohne den reichen Onkel Dagobert, versteht sich.

Ettores grösster Triumph kam mit dem ersten Elterntag, als alle unsere Erzeuger vorfuhren, Herr Giovannini wie gewohnt in der Pole Position, Vater abgeschlagen auf der andern Strassenseite. Ettore musterte unseren grünen Käfer mit demselben Ausdruck, mit dem er die zwei Streifen auf meinen neuen Turnschuhen gemustert hatte. Wir wussten beide, dass da ein Streifen fehlte. Nun prüfte Ettore Vater. Alle Achtung, der sei aber noch in Form, meinte er. Sein Opa habe keine Haare mehr.

Zugegeben, Vater sah morgens jeweils etwas älter aus als dreiundvierzig. Aber wer weiss denn schon, wie Ausserirdische altern? Zu jenem Zeitpunkt ahnte ich allerdings noch nicht, dass Vater vom Planeten Krypton stammte. So fehlte mir vorerst jenes Selbstbewusstsein, das Ettore bereits als Eizelle empfangen hatte. Seine Weltsicht war einfach, aber schlüssig. Wenn man Ettores Perspektive einnahm, ging alles auf. An jenem schicksalhaften Wintermorgen, ein Jahr nach dem ersten Elterntag, endlich auch für mich.

Wir standen vor dem Superman-Filmplakat und ich fragte Ettore, weshalb der Kryptonier seine rechte Faust so forsch gegen den Himmel strecke. Diese Asymmetrie widersprach meinen Kenntnissen von Aerodynamik. Ettore leitete seine Antwort mit dem typischen Giovannini-Kopfschütteln ein. Ganz der Vater dann auch seine als Frage formulierte Antwort und der etwas gereizte Tonfall: Noch nie etwas von kryptonischer Flugtechnik gehört?

Nein. Sonst hätte ich Vaters blutige Handknöchel bereits am Vorabend als Folge eines Flugunfalls identifiziert. Ohne es zu wissen, hatte mir Ettore mit seiner Rechthaberei zu einer entscheidenden Einsicht verholfen. Nun konnte ich ihn endlich – und wohl endgültig – mit seinen eigenen Waffen schlagen. Ich holte Luft, Ettores Mitleidsmiene im Visier. Ich witterte meine Aufstiegschance, sah mich aus den Niederungen der geschundenen Römer und der flügellahmen Entenhauser in den Orbit der Superheldensöhne emporschweben. Mein Vater brauchte kein tolles Auto, mein Vater konnte fliegen! Vor allem aber brauchte sich mein Vater mit keinem anderen Vater zu messen, denn er war schlicht nicht von dieser Welt! Ich schwieg trotzdem. Nicht weil ich Ettore mit diesen vernichtenden Wahrheiten verschonen wollte, sondern weil sie von einer vertrackten Frage begleitet waren: Weshalb hatte Vater den Müllschacht und nicht wie der berühmte Kryptonier zum Beispiel das Schlafzimmerfenster als Startrampe gewählt?

Das Letzte, was ich von Vater am Vorabend meiner epochalen Erkenntnis gehört hatte, war das Geräusch der Müllschachtluke auf dem Flur draussen gewesen. Sie war direkt gegenüber der Lifttür in die Wand eingelassen, ein runder, metallener Deckel. Der Eingang zu einer unendlich tiefen Welt, die so gefährlich war, dass ich die Luke unter keinen Umständen unbeaufsichtigt öffnen durfte. Mittags nach dem Abwasch liess mich Mutter manchmal am metallenen Griff ziehen. Mit einem hohlen, trockenen Schmatzen sprang die Luke auf, als hätte ich eine immense Flasche entkorkt. Aus der Ferne zischte etwas heran, toste an mir vorbei und verlor sich in der Tiefe. Unser Haus rülpste. Es hatte siebzehn Stockwerke und litt an einer chronischen Magenverstimmung. Wir wohnten im fünften.

In jener Nacht, als Vater sich in den Müllschacht stürzte, brachte ich kein Auge zu. Ich lag auf dem Rücken, den Blick an die Decke geheftet, als könnte ich die Geschehnisse im Flur so besser verfolgen. Etwas Schlaf hätte ich mir gönnen dürfen, Vater kam erst am frühen Morgen heim. Ein Kratzen an der Haustür liess vermuten, dass er das Schlüsselloch nicht auf Anhieb fand. Der Eingang zu unserer Wohnung war wohl schwer umkämpft. Ich sah Vater mit einer Hand am Türschloss fingern, mit der andern versetzte er einer aus dem Müllschacht quillenden Materialisierung der dritten Art einen Kinnhaken. Er betäubte das Monster jedoch nur vorübergehend. Weshalb sonst hätte Vater die Tür derart ins Schloss geknallt, dass er das Gleichgewicht verlor und gemeinsam mit dem Kleiderständer zu Boden ging?

So jedenfalls stellte ich mir diesen Kampf vor, als ich im Gang stand und auf Vater hinabblickte. Seine rechte Schläfe sah etwa so aus, wie meine Knie nach der ersten Schussfahrt mit meinen neuen Rollschuhen ausgesehen hatten. Der rechte Ärmel seiner beigen Jacke hatte auf Ellbogenhöhe ein rotes, ausgefranstes Loch. Ich sah es genau, denn Vater streckte mir seinen Arm entgegen. Er suchte nicht nach Hilfe, dazu hätten weder sein Grinsen noch die blutigen Knöchel seiner geballten Faust gepasst. Er zeigte mir, wer er war. Doch bevor ich den Superman in ihm erkennen konnte, tappte Mutter in den Gang.

Normalerweise war sie frühestens nach dem zweiten Kaffee ansprechbar. Vorher funktionierte sie stumm, abgesehen von gelegentlichen Zwischentiteln. Mit schlafwandlerischer Sicherheit bereitete sie jeden Morgen unser Frühstück vor, koordinierte die Badezimmerbelegung, legte Vater Unterwäsche, Socken, Hemd, Anzug und Krawatte bereit, zog mir zu enge Pullover über den Kopf und zensierte allzu gewagte modische Experimente meiner um Lichtjahre älteren Schwester Kathrin. Frühmorgens hatten bei uns die Radiomoderatoren das Wort, und niemand kam je auf die Idee zu widersprechen.

Umso erstaunter war ich, als Mutter um halb drei hellwach im Gang stand und mich fragte, was ich hier mache.

10

Hätte sie diese Frage nicht eher Vater stellen sollen, dessen rot tropfende Hand uns vom Ende seines gestreckten Arms zuwinkte? Doch Mutter sorgte sich lediglich um mich. Dass Kathrin nun ebenfalls im Gang stand und auf Vater hinabblinzelte, schien Mutter nicht zu stören.

Wo blieb da die Gerechtigkeit? Wer hatte die halbe Nacht gewacht, um Vaters Heimkehr zu erleben? Wem hatte er sich gerade eben anvertrauen wollen? Ich fühlte mich um meinen Einsatz betrogen. Mutter packte mich trotzdem unter den Armen und stellte mich in mein Bett, da half weder Zappeln noch Zetern. Ich hätte wohl nicht klein beigegeben, hätte mir Vaters blutumrandetes Auge während meines Rückzugsgefechts nicht zugezwinkert. Nun stand ich im Bett, ich hatte etwas begriffen. Noch nichts Ganzes, erst einen kleinen Ausschnitt einer chiffrierten Nachricht, so geheimnisvoll wie das hohle Schmatzen der Müllschachtluke.

Am nächsten Morgen taten alle so, als sei nichts gewesen. Ich trat in den Gang, Kathrin wandelte wortlos an mir vorbei in Richtung Küche, die Meerschweinchen quietschten. Mutter trat im Nachthemd aus der Toilette und parierte meinen prüfenden Blick mit einem benommenen Lächeln. Selbst Vater schmunzelte mir zu, während er aus dem Badezimmer stolperte und das Pflaster an seiner Schläfe festdrückte. Ich schien der Einzige zu sein, der Vaters nächtlichem Abenteuer Bedeutung beimass. Das machte es umso geheimnisvoller. Ich fixierte den dunklen Fleck auf dem Teppich. Ich hatte nicht geträumt. Unser morgendliches Schweigegelübde ergab plötzlich Sinn: Hier wurde etwas verschwiegen. Das war wohl nichts Neues, es war mir bisher einfach entgangen. Wie die enge Verwandtschaft dieses morgendlichen Schweigens mit dem Vaterunser, das ich jeden Abend wiederholte, damit Mutter besser schlafen konnte. Abends bedeutungslose Worte, morgens bedeutungsvolles Schweigen. Ich hatte bisher beides nicht verstanden, da ich das Wesentliche bisher schlicht verschlafen hatte.

Umso wacher fühlte ich mich im Moment dieser Erkenntnis. Meine Gedanken rasten mit Vater durch Abfallschächte, kollidierten mit unfreundlichen Materialisierungen der dritten und vierten Art. Da ahnte ich, dass diese geheime Mission eine reine Männersache bleiben würde. Ich sollte recht behalten. Keine fünf Stunden später stellte mir Ettore vor dem Superman-Plakat die wegweisende Frage, ob ich noch nie etwas von kryptonischer Flugtechnik gehört hätte.

Mein Heimweg dann ein schäumendes Wechselbad der Gefühle. Ettore trottete ungewohnt kleinlaut neben mir her, er spürte wohl, dass sich da etwas Grosses in mir vorbereitete. Ich rang mit der Frage, ob ich mich vertiefter mit dem Müllschacht auseinandersetzen oder in einer ruhigen Minute mit Vater sprechen sollte. Ich entschied mich für die zweite Variante, obwohl ich wusste, dass ich damit an ein Tabu rühren würde. Denn ich sah kurzfristig nur einen Zeitpunkt für ein ungestörtes Gespräch.

Das Mittagessen kam dafür nicht in Frage. Einerseits waren wir nicht unter Männern, andererseits hatte ab halb eins ausschliesslich der Nachrichtensprecher das Wort. Danach legte sich Vater ins Bett. Diese bereits lange vor meiner Geburt eingeführte Tradition bescherte mir jeden Werktag ein Rendez-vous. Ich musste es mir hart erarbeiten. Ob ich Geschirr abtrocknete oder mich in meinem Zimmer aufs Bett legte, um erfundene Hausaufgaben zu erledigen, die halbe Stunde nach dem Mittagessen schien endlos. Die letzten fünf Minuten des Countdowns lauerte ich auf der hölzernen Eckbank in der Küche. Dann, endlich, Mutters Zeichen. Lautlos, wie ich es von Winnetou gelernt hatte, schlich ich ins elterliche Schlafzimmer. Vaters Augen waren stets geschlossen, wenn ich beim Kopfende des Betts ankam und ihm über das kurze Haar strich. Früher genügten zwei bis drei Streichler, bis er zu lächeln begann und seine blauen Augen öffnete. Seit einiger Zeit benötigte ich jedoch bis zu sieben Anläufe, manchmal musste ich ihn sogar am Ohrläppchen zupfen.

Am Mittag nach jener ereignisreichen Nacht half auch das nichts mehr. Nach dem achten Streichler und drei Ohrzupfern schnarchte Vater noch immer aus voller Kehle. Dabei roch er ungewohnt streng. Ich dachte an die Müllschachtluke und hielt Vater entschlossen die Nase zu. Er japste, seine Nasenflügel bedrängten meine Finger. Ich hielt dem Druck stand, ich hatte eine Mission zu erfüllen. Auch wenn ich dafür die einzige Abmachung brechen musste, die mich mit Vater verband. Ohne es je besprochen zu haben, hatten wir nämlich beschlossen, uns wortlos zu verstehen. Umso waghalsiger mein Vorstoss, als Vater endlich die Augen öffnete und ich ihn leise fragte, wen er eigentlich besiegt habe gestern Nacht.

Bezog sich Vaters Erstaunen auf meine Frage oder auf die Tiefe des Schlafs, aus dem ich ihn geholt hatte? Oder darauf, dass ich ihn unter diesen sonst stummen Umständen ansprach? Oder war es das Pflaster auf Vaters Schläfe, das sein Gesicht zögerlich erscheinen liess? Jedenfalls musste ihm die letzte Nacht einiges abgefordert haben, er schloss die Augen wieder, stöhnte. Dann holte er tief Atem, und er hätte wohl gleich wieder zu schnarchen begonnen, hätte ich ihm nicht erneut die Nase zugehalten. Vater schnappte nach Luft, öffnete die Augen, blinzelte. Ich wiederholte meine Frage.

Vater schien Mühe zu haben, sich an die letzte Nacht zu erinnern. Er sei hingefallen, murmelte er, das sei nicht weiter schlimm.

Ich wisse Bescheid, flüsterte ich.

Damit hatte Vater nicht gerechnet. Plötzlich hellwach schaute er mich an, als schwebte ich in grösster Gefahr.

Er brauche sich keine Sorgen zu machen, ich behielte alles für mich, beteuerte ich. Ohne Erfolg. Vaters Gesicht wurde immer länger, mein Magen immer schwerer. Ich hätte Ettore auch bestimmt kein Wort gesagt, obwohl ich nah dran gewesen sei. Was er aber verstehen müsse, ich sei nun immerhin neun und hätte bis heute früh wirklich nicht die geringste Ahnung gehabt, welche Abenteuer er jede Nacht bestehen müsse.

Es half nichts. Die Furche zwischen Vaters blonden Brauen vertiefte sich, seine Lippen suchten erfolglos nach einem Lächeln. Ich fragte ihn trotzdem, weshalb er den Müllschacht als Startrampe gewählt habe.

Zu meiner grossen Erleichterung und meinem nicht weniger grossen Erstaunen entspannte sich Vaters Gesicht. Er setzte sich auf, stellte seine nackten Füsse auf den Teppichboden. Nun waren wir auf Augenhöhe, ich stützte meine Unterarme auf seine Knie. Vater nahm mich bei den Schultern, musterte die bunten Querstreifen auf meinem Pullover, dann mein Gesicht. Irgendetwas belustigte ihn. Es konnte nur mein Pullover sein. Diese gestrickte Peinlichkeit hatte einmal Kathrin gehört und war noch immer mindestens so peinlich wie ein halbes Jahrzehnt zuvor. Doch für solcherlei Argumente war Mutter taub, besonders frühmorgens, wenn solcherlei Dinge beschlossen wurden. In jenem entscheidenden Moment aber, als Vater vor mir auf der Bettkante sass, war ich erstmals froh um das lächerliche Kleidungsstück. Immerhin hatte es Vaters Stimmung wieder so weit gehoben, dass ich mit meiner Befragung fortfahren konnte.

«Das Kryptonit war schuld, nicht wahr?»

Links und rechts von Vaters Mund bildeten sich Fältchen. «Wie bist du darauf gekommen?»

Das war eine der schönsten Fragen, die ich je gehört hatte.

Entsprechend euphorisch weihte ich Vater in meine Beobachtungen ein. Er hörte geduldig zu, widersprach nie. Als ich ihn am Ende meiner Ausführungen fragte, was er in den Abfallschächten unseres Hochhauses eigentlich zu bekämpfen gehabt habe, wurde er erneut nachdenklich. Ich schwiege wie ein Grab, beteuerte ich. Doch Vater zögerte noch immer, seine Mission war wohl noch gefährlicher, als ich gedacht hatte.

«Welche Farbe?», setzte ich nach.

«Was, welche Farbe?» Vaters Augen hatten den Fokus verloren.

«Welche Farbe Kryptonit?»

Vater blickte durch mich hindurch in eine unbestimmte Ferne. War das der berühmte kryptonische Röntgenblick? Sah Vater ein Unheil, das sich jenseits der Schlafzimmerwand anbahnte? Oder konnte er sich tatsächlich nicht mehr erinnern, mit welcher Art Kryptonit er vergiftet worden war?

«Rot.»

Ich pfiff durch die Zähne. Obwohl ich noch nie davon gehört hatte, dass rotes Kryptonit einen Kryptonier verwundbar machte. Aber das wusste Vater nun wirklich besser.

«Das musst du unbedingt für dich behalten.» Etwas Verschwörerisches lag in Vaters Augen.

Ich zögerte trotzdem. Durfte ich diesen stärksten Trumpf aus der Hand geben? Schweigend könnte ich Ettore niemals von den überirdischen Qualitäten meines Vaters überzeugen. Ich hörte ihn schon, den ewigen Besserwisser. «Flugunfall?», würde er wiederholen, nachdem ich ihm die Ursache von Vaters Verletzungen erklärt hätte. Dann, begleitet vom typischen Giovannini-Kopfschütteln: «Kein Wunder, mit einem Käfer.»

Ettore hatte es einfach einfacher, bei ihm war alles offensichtlich und selbstverständlich: ein schmieriger Vater, ein rotes Auto, basta. So simpel und überzeugend wie Spaghetti bolognese. Bei mir war immer alles kompliziert. Ich musste erst ganze neun Jahre alt werden, bis ich begriff, dass ich von einem Kryptonier abstammte. Was ich jedoch niemandem sagen durfte, da ich sonst meinen Vater enttarnt hätte. Mir blieb nichts anderes übrig, als zu warten und zu hoffen, dass er sich eines Tages mit einer Heldentat öffentlich zu erkennen geben würde. Womit wohl nicht zu rechnen war, solange er sich auf Müllschächte spezialisierte.

Vater sah mir meine Enttäuschung über das vereinbarte Stillschweigen an. Er strich mir mit seiner lädierten Hand über den Kopf, ich zuckte grossmütig mit den Schultern. «Haben sie es dir eigentlich eingetrichtert, das rote Kryptonit?»

Wieder überlegte Vater lange, als müsste er seine Antwort erst erfinden. «Nein, ich habe es freiwillig genommen.»

Ich war entsetzt, Vater stiess sich von der Bettkante ab.

«Willst du dich etwa dagegen abhärten?»

Vater schaute zu mir herunter, sein Unterhemd roch nach Zigarettenrauch. Er führte den gestreckten Zeigefinger vor seine Lippen und zwinkerte mir zu. Ich zwinkerte zurück. Nun teilten wir tatsächlich ein Geheimnis, mein ausserirdischer Vater und ich.

Wie hoch der Preis dieses Geheimnisses war, erfuhr ich bereits in den ersten Tagen nach jenen bedeutenden Ereignissen. Ich hatte das Zeug zum Herrscher über alle Pausenhöfe und musste tatenlos zusehen, wie Ettore sein Reich ausweitete. Daran musste ich mich gewöhnen. Grosse Macht, grosse Verantwortung. Es gehörte zum Schicksal eines Superhelden, dass er seine wahre Identität nicht zeigen durfte. Er hätte sonst seine Nächsten in Gefahr gebracht. Das wollte Vater auf keinen Fall. Deshalb hatte er sich auch so geziert, als ich ihn enttarnt hatte. Aber rettete Spiderman seine Freundin Mary Jane nicht trotzdem mehrmals vor dem Tod? Hätte Vater nicht auch einmal in seinem zweifellos ansehnlichen Kostüm auftreten und mich von einem rabiaten Viertklässler erlösen können? Brauchen wir Anwärter auf Höheres nicht wenigstens hie und da ein kleines Wunder?

Es schien weit entfernt, mindestens so weit wie die im Weltall zerstreuten Überreste des Planeten Krypton. Vaters Schrammen heilten, Mutter haushaltete. Die Einzige, die mich vor rabiaten Viertklässlern rettete, war wie gewohnt meine Schwester Kathrin. Sie war selbst unter Gleichaltrigen berüchtigt. Wenn sie auf ihrem roten Klappvelo heranbrauste, öffnete sich der Kreis der Schaulustigen, der sich um ein Kämpflein gebildet hatte. Kathrin brauchte selten abzusteigen. Unter den Stirnfransen ihrer Mireille-Mathieu-Frisur hervor prüfte sie, wer da mit Texasfieber traktiert wurde.

Ich fand Schreibmaschinerlen den treffenderen Ausdruck. Und ich darf mich als Experten bezeichnen. Durchschnittlich ein Mal die Woche lag ich unter einem Viertklässler, seine Knie auf meinen Oberärmchen, sein Hintern in meiner Magengrube, während er mit zwei steifen Fingern auf meiner Brust herumhackte, als wäre in einer Minute Redaktionsschluss. Es waren nie begnadete Aufsatzschreiber, die mich als Opfer wählten. Deshalb ergaben die roten Flecken auf meiner Brust keinen Sinn. Oder brachten meine Peiniger ihre Botschaft nie zu Ende, weil Kathrin mich immer zu früh rettete?

Lieber ein paar gebrochene Ripplein und dafür endlich Klarheit! Schon unzählige Male hatte ich dies meiner Schwester zu erklären versucht, doch sie wollte nicht hören. Zu erhebend musste das Gefühl sein, wenn sie auffuhr und alle davonstoben. Aber Kathrins Hochgefühl ging immer auf meine Kosten. Eine gute Woche nach meiner Einsicht in Vaters wahres Wesen hatte sie ihre Kreditlimite erreicht.

Ein Viertklässler brach seine Schreibübung angesichts der herannahenden Kathrin derart überstürzt ab, dass ich keine Chance gehabt hatte, meine Superkräfte an ihm zu testen. Mit einem Hüftschwung hätte ich ihn in hohem Bogen von mir gestossen, hätte mich auf meinen Gegner geworfen und ihm und der atemlosen Menge demonstriert, wie effizient Schreibmaschinerlen im Zehnfingersystem sein konnte. Nun stand wie gewohnt meine Schwester über mir und streckte mir die Hand entgegen, das Publikum verzog sich enttäuscht. Eigentlich sei sie langsam zu alt für solche Aktionen, meinte sie. Sie könne nicht die ganze Zeit auf mich aufpassen, nur weil es mir an natürlicher Autorität fehle. Den Satz hatte sie von Mutter, die ihn selten, aber stets wirkungsvoll gegen Vater einsetzte. Ich hatte ihn nie verstanden, doch diese Blösse wollte ich mir nicht auch noch geben. Sie sei keinen Deut besser als Ettore, von wegen Autorität, improvisierte ich. Der könne auch nur mit Autos angeben!

Ich lag noch immer auf dem Boden, Kathrin schaute kopfschüttelnd zu mir herab. Ihr Gesicht hatte denselben Ausdruck wie vor einer Woche, als Vater vor ihr auf dem Spannteppich gelegen war. Wir Männer seien doch alle gleich, meinte sie, schwang sich auf ihr Rad und trat energisch in die Pedale. Zum ersten Mal in meinem Leben hoffte ich, dass sie recht habe.

Obwohl meine Schwester vermutlich nicht wusste, was sie da sagte. Vieles deutete darauf hin, dass sie Vaters wahre Natur nicht erkannte. Sprach ich Mutter auf jene blutige Nacht an, kam immer dieselbe Antwort: Vater sei hingefallen. Brachte ich dann den Müllschacht ins Spiel, meinte sie bloss, dass ich bis nach dem Mittagessen warten müsse. Auch meine Anspielung auf das rote Kryptonit, die ich eines Mittags kurz vor den Nachrichten platzierte, stiess auf Unverständnis. «Iss jetzt», befahl Mutter, Kathrin verdrehte die

Augen, als kontrolliere sie die Länge ihrer Stirnfransen. Nur Vater zwinkerte mir aus seinem noch immer bunten Auge zu.

Ich konnte Mutter und Kathrin keinen Vorwurf machen. Vater tarnte sein Kryptonit raffiniert. Er war der Einzige in unserem Haushalt, der regelmässig Rotwein trank. So war es ihm ein Leichtes, den Traubensaft gegen rotes Kryptonit zu tauschen. Jeden Abend entkorkte er eine Flasche, begleitet von jenem hohlen, trockenen Schmatzen, das auch die Müllschachtluke von sich gab, wenn man sie öffnete. Obwohl ich das Schmatzen der Weinflasche schon Hunderte Male gehört hatte, war mir die akustische Verbindung zu Vaters Unterwelt bisher entgangen. Und als ich diesen Hinweis endlich erkannte, wusste ich nichts mit ihm anzufangen.

Auch wie Vater den Wein gegen das Kryptonit tauschte, blieb mir ein Rätsel, obwohl ich Vaters Verhalten aufmerksam beobachtete. Wenn er abends von der Arbeit nach Hause kam, wirkte er verseucht, als hätte er den ganzen Tag in einem Tunnel im Stau gestanden. Sein Anzug war dunkelgrau, seine Schuhe waren schwarz. Die Krawatte und den obersten Hemdknopf hatte er gelöst, Vater atmete trotzdem schwer.

Umso wundersamer dann seine Verwandlung. Zuerst tauschte er seine düstere Rüstung gegen einen blauen Trainingsanzug. In Vaters Gesicht kam jedoch erst nach dem ersten Bier wieder Farbe. Von da an ging es aufwärts mit ihm. Er sass in seinem Ohrensessel und erzählte, Mutter hörte zu. Ich verstand nicht, worum es ging. Es fielen immer dieselben Namen, zu denen Mutter immer dieselben Fragen stellte. Nach dem dritten Bier waren die Fragen meist beantwortet, es war Zeit für *Derrick* oder *Aktenzeichen XY, Dalli Dalli* oder *Was bin ich?* – und für das rote Kryptonit.

Spätestens wenn *Derrick* seinen Fall gelöst oder Robert Lembke seine Schweinchen verschenkt hatte, war Vater wieder in Ordnung. Er wünschte mir eine gute Nacht, und ich spürte, dass er nun erst richtig in Form kam. Wozu er diese Form nutzte, entging mir wegen Mutters strengem Bettregime. Ich lag noch manche Nacht wach und horchte nach dem Schmatzen. Doch bald konnte ich nicht einmal mehr sagen, ob es von einer Flasche im Wohnzimmer stammte oder von der Müllschachtluke im Hausflur draussen. Vaters Tarnung blieb perfekt. Selbst vor mir, seinem engsten Verbündeten.

Auch tagsüber liess ich nichts unversucht, um Vater auf die Schliche zu kommen. Ich hatte mir ein Alibi konstruiert: Direkt nach Vaters Mittagsschläfchen spielte Ettore mit mir Fussball. Wovon Letzterer natürlich nichts wusste. Er hätte einem ewigen Dilettanten wie mir nie im Leben auch nur einen Ball zugespielt. Hingegen hätte Ettore bestimmt gerne neben mir in jenem düsteren Raum im Parterre unseres Hochhauses ausgeharrt, in den die Schächte des Abfallsystems mündeten. Grosse, graue Container warteten dort auf den Müll, der nach dem Mittagessen in immer dichteren Intervallen herabrauschte. Wenn es besonders heftig krachte und selbst der Container zitterte, ging ich hinter den Ersatztonnen in Deckung, auf alles gefasst. Schliesslich erwartete ich ein Monster, im besten Fall Vater.

Die Viertelstunde, bis der Abwart kam und den vollen Container gegen einen leeren austauschte, war stets zu knapp. Zweimal verfolgte ich besonders verdächtige Ladungen zu ihrem Parkplatz draussen an der Hauswand. Aber der Container war zu hoch, der Deckel zu schwer und der Parkplatz zu öffentlich, als dass ich der Sache hätte auf den Grund gehen können. Ich hatte keine Wahl. Ich musste den Inhalt der Container überprüfen, bevor er sie erreichte.

Ich war überrascht, wie leicht das blecherne Ungetüm ins Rollen kam. Noch überraschter war ich über den weissen Klumpen, der neben mir aufschlug und zerplatzte. Meine

Hosen waren bis auf Gürtelhöhe hellbraun gesprenkelt, ein halbes Dutzend verschmierte Windeln lagen am Boden verstreut. Das hatte ich mir anders vorgestellt, doch nun war es zu spät. Bereits barst der nächste Sack neben meinen Füssen, schleuderte Spaghettireste und nassschwarze Kaffeeklumpen, Büchsen und Tuben auf meine Schuhe. Dann kam eine Ladung urinverklumpte Meerschweinchenstreu, gefolgt von faulem Salat, Bananenschalen, einer Weinflasche, Fischgräten und einer ganzen Forelle. Mit jedem Aufprall wich ich einen Schritt zurück, bis ich mit dem Rücken an den Container stiess. Wie gerne hätte ich ihn an den Ort zurückgerollt, wo er nun so offensichtlich fehlte, doch die Fahrbahn war hoffnungslos verschüttet. Ein Monster baute sich da Sack für Sack vor mir auf und präsentierte seine stinkenden Innereien. Es brauchte tatsächlich Helden, um dieses Ungetüms Herr zu werden. Ich war trotzdem erleichtert, dass Vater nicht durch den Müllschacht kam.

Dafür stand der Abwart sprachlos in der grossen Schiebetür. Seine aufgerissenen Augen starrten auf den nur noch zaghaft wachsenden Organismus, dann auf dessen leeren Käfig. Ich hatte kein schlechtes Gewissen. Mit solchen Monstern musste der Abwart jetzt leben lernen. Denn hätte sich Vater noch mit Müllmonstern herumgeschlagen, wäre er mir in diesem Moment bestimmt zu Hilfe geeilt. Er hatte offensichtlich Wichtigeres zu tun, was ich gut verstehen konnte. Seine neue Herausforderung schien harmloser zu sein als die alte, seit jener blutigen Nacht im Müllschacht blieb Vater heil. Oder hatte er sich an das rote Kryptonit gewöhnt und war nun komplett unverwundbar geworden? Meine Fragen wurden nicht einfacher, aber sie hatten Charme.

Dieses Privileg lernte ich allmählich schätzen. Die andern lasen ihren Comic, ich lebte in einem. Man könne nicht alles haben, gab mir Mutter in der Spielwarenabteilung jeweils zu bedenken, obwohl ihr ein Blick in Ettores Zimmer das Gegenteil bewiesen hätte. In Bezug auf Vater konnte ich ihre Aussage erstmals akzeptieren. Er hatte mir eine Welt eröffnet, die ich gegen nichts getauscht hätte. Auch wenn mich seine nach wie vor ausnehmend diskrete Art im Umgang mit seinen Heldentaten frustrierte. Ich erwartete längst kein Wunder mehr. Eine einfache, am liebsten offizielle Bestätigung seiner ausserirdischen Fähigkeiten hätte mir genügt. Damit wäre das Problem Ettore mit all seinen Folgeerscheinungen ein für alle Mal erledigt gewesen.

Dann geschah das Wunder trotzdem. Wir zogen weg. Weit genug, dass ich nicht mehr in dieselbe Schule gehen konnte. Herr Löchli, mein Primarlehrer, schob die Unterlippe vor und rieb sich mit dem Knöchel seines Zeigefingers im Auge. Er bedauerte, dass ich ging. Denn ich war einer der wenigen, die sein pantomimisches Talent erkannten und schätzten.

Auf unserem letzten gemeinsamen Heimweg schwieg Ettore. Löchlis Sympathiebekundung für mich musste ihm die Sprache verschlagen haben. Ausnahmsweise verzichtete er aber darauf, den Nachnamen unseres Lehrers mit Körperöffnungen in Verbindung zu bringen. Ettore schwieg einfach, und mir schien, als laste sein Schweigen mit jedem Schritt schwerer auf ihm. Oder war es das Gewicht seines neuen Schulrucksacks – dickes Rindsleder, dichtes Fell –, das ihm zu schaffen machte?

Ich war froh, dass mich diese Frage nicht mehr zu kümmern brauchte. Sie würde sich bei der nächsten Kreuzung, wo sich unsere Wege jeden Schultag trennten, von alleine und endgültig in Luft auflösen. Gemeinsam mit Ettore und all den Plagen, die er mir beschert hatte. Ich wollte einfach stumm abbiegen und mich mit einer beiläufigen Handbewegung von meiner bisher schwersten Epoche verabschieden.

Aber Ettore blieb stehen. Sein Blick klammerte sich an den Zebrastreifen, seine Arme hingen leblos von seinen Schultern. Ich konnte nicht anders, als ebenfalls stehen zu bleiben, so unerwartet war dieser Anblick. Ettore schaute auf, eine Mischung aus Hilflosigkeit und Wehmut lag in seinen Augen. Ich kannte diesen Ausdruck von Dolly, der Bernhardinerin meines Onkels.

Dann streckte mir Ettore die Hand entgegen.

Ich fixierte sie lange.

Ich griff zu.

Vermutlich zum ersten Mal, ich konnte mich nicht erinnern, Ettores Hand je gehalten zu haben. Sie war klein und weich, hilflos und wehrlos. Wie Egon, der Hamster meiner Schwester, wenn man ihn einmal gefangen hatte.

Wer ihn denn nun auf seinem Heimweg begleite?

Ettores Frage war ernst gemeint, ich liess seine Hand los.

Obwohl ich sie problemlos hätte zerquetschen können und mit ihr den ganzen Hamster mit Bernhardinerinnenaugen, der da vor mir stand und auf eine Antwort wartete. Ich hätte weder eine grosse Schwester noch einen kryptonischen Vater dazu benötigt. Eine feste Umarmung, und seine zarten Ripplein wären zerbrochen wie das Balsaholz, mit dem wir unsere Drachen bauten.

Aber wer zerstört schon einen Drachen, den er sich selbst mühsam gebastelt hat? Ich zuckte bloss mit den Schultern, hob beiläufig meine Hand und ging über die Strasse. Auf der andern Seite drehte ich mich um. Das dichte Fell eines brandneuen Schulrucksacks, der auf zwei dünnen Beinchen davontrottete, war das Letzte, was ich von Ettore sah.

Wir zogen über den Rhein, an einen Hang nah der Grenze. Vom Mansardenfenster aus sahen wir die Stadt, bei Westwind konnten wir sie riechen. Sie roch streng. Nach Geld, behauptete Vater. Mutter schüttelte den Kopf, doch Vater hielt daran fest, dass die meisten Kamine unserer Stadt der Geldproduktion dienten. Er musste es wissen, schliesslich sass er fünf Tage die Woche hinter einer dicken Glasscheibe und zählte. Wie vieles an Vater war auch seine Arbeit geheimnisumwittert. Er hatte mit Geld zu tun, arbeitete aber nicht in einer Bank. In einer der Geldfabriken arbeitete er auch nicht, sein Bürohaus hatte keinen Kamin. Die Geldfabriken gehörten vielmehr zu den Kunden seines Unternehmens. Wenn es um Geld und Kamine ging, wusste Vater also Bescheid. Und er fand es richtig, dass die Fabrikbesitzer, von denen einige an unserem Hang wohnten, ihr Geld bei Westwind riechen durften.

Mutter fand Vater undankbar. Hier zu wohnen sei ein grosses Privileg! Ich musste ihr zustimmen. Wir hatten zwar nur noch drei Stockwerke, die dafür ganz für uns allein. In der Mansarde hausten Kathrin und ihr Hamster Egon, im ersten Stock meine Eltern und ich. Im Parterre assen wir und sahen fern, im Keller tanzten die Mäuse. Letztere überlebten die erste Woche nach unserem Einzug nicht, genauso wenig wie Egon. Obwohl Mutter stets von Altersschwäche sprach, ging ich stillschweigend davon aus, dass er demselben Hinterhalt zum Opfer gefallen war wie die Mäuse. Kathrin zimmerte ihm ein kleines Kreuz, auf das Querhölzchen schrieb sie mit wasserfestem Filzstift seinen Namen. Unter einer der mannshohen Thuja-Hecken, die unser Gärtchen von jenem des Nachbarn abgrenzten, setzten wir ihn bei.

Die treffendste Umschreibung für unser Reihenhäuschen fand Vaters Freund Fritz, der beim Tapezieren half. Hasenstall nannte er es und meinte damit die bescheidene Grösse der Zimmer. Nichts als purer Neid, fand Mutter, denn Fritz wohnte noch immer im dritten Stock jenes siebzehnstöckigen Hochhauses, dem wir eben entkommen waren. Sinnigerweise wünschte sich Kathrin einen Zwerghasen zum

24

Geburtstag – und bekam ihn. Er hiess Fridolin und knabberte dank seiner Vorliebe für Kabel noch effizienter als Egon an Mutters Geduldsfaden.

Ansonsten war alles beim Alten geblieben: das morgendliche Schweigeritual, das mittägliche Nachrichtenritual, Vaters Nickerchen und mein geliebter Weckdienst. Auch Vaters abendliche Heimkehr unterschied sich nicht wesentlich von früher, ausser dass ich ihn nun von meinem Zimmer aus ankommen sah. Er parkierte seinen neuen Wagen – einen weissen Renault 12 – nah am Randstein, öffnete die Tür. Dann streckte er das linke Bein auf die Strasse hinaus, während er mit der rechten Hand nach seiner Aktentasche langte. Ich lernte bald, aus dieser Körperhaltung auf Vaters Zustand zu schliessen. Je mehr sein linkes Bein zappeln musste, um ihn aus dem Sitz hochkommen zu lassen, desto angeschlagener war Vater. Einen weiteren verlässlichen Hinweis lieferte Hektors Begrüssungsgebell: Winselte der Labrador unseres Nachbarn bloss noch, war auch von Vater nichts anderes zu erwarten.

Wenn Vater in Form war, sprach er Hektor auf Italienisch an: Ettore! Vater hatte nicht nur ein Flair für Sprachen, sondern auch für geheimnisvolle Zusammenhänge. Denn Hektors Fell glich in Dichte wie Farbe aufs Haar jenem auf Ettores Schulrucksack. Hektor schaute mich auch gerne so an, wie mich Ettore bei unserem Abschied angeschaut hatte. Nicht dass ich Ettore vermisst hätte, aber seit jenem Mittag an der Kreuzung war er mir näher denn je. Ich freute mich, ihn in Hektor wiedergefunden zu haben. Abgesehen von seiner Ausdünstung hätte Ettores Ersatz auch kaum idealer ausfallen können: bescheiden, anhänglich, wortkarg – und ohne besserwisserischen Vater.

So hatte unser Reihenhäuschen eigentlich alles, was es brauchte. Ausser einem Müllschacht. Auch grosse, graue Container gab es keine, sie hätten nicht in die Idylle unserer kaum befahrenen Wohnstrasse gepasst. Die Müllsäcke standen am Abfuhrmorgen in Reih und Glied abholbereit vor dem Mäuerchen, das den Garten unseres Nachbarn vom Trottoir trennte. Nun war für Vater die Stunde der Wahrheit gekommen, zwischen diesen Müllsäcken sah ich beim besten Willen keinen Raum für Heldentaten. Von seinen alten Abenteuern musste er sich endgültig verabschieden. Welche neuen würden hier auf ihn warten?

In den ersten Wochen nach unserem Einzug war diese Frage noch zweitrangig. Wenn Vater nach Hause kam, musste er renovieren. Mit Hilfe von Hasenstall-Fritz hatte er sich im Keller eine Werkstatt eingerichtet, in der bis spät in die Nacht Licht brannte. Abend für Abend kraxelte ich heimlich durch das Fenster meines Zimmers auf den Balkon, um die Geschehnisse im Keller zu verfolgen. Doch der Zwischenraum zwischen den hölzernen Bodenlatten war zu eng, der Blickwinkel zu steil, als dass ich durchs Kellerfenster hätte spähen können. Aber Fritz' Lachen und das Schmatzen der entkorkten Weinflaschen waren unüberhörbar – und eindeutig. Ich hatte gründlich geprüft, ob es in diesem Haus nicht irgendwo eine Müllschachtluke gebe.

Mutter vermutlich auch, denn Fritz' Hilfe war je länger, je weniger gefragt. Oder hatte Mutter lediglich einen Vorwand gesucht, um sich für den Hasenstall zu revanchieren? Ein paar Tage, nachdem ich Fritz zum letzten Mal gesehen hatte, erhielt Vater ein Paket. Es war eine gerahmte Zeichnung eines Restaurants in der Altstadt. Ich hatte dessen Fassade schon oft bestaunt. HASENBURG stand dort in grossen Lettern geschrieben, ich konnte aber weder Zinnen noch Zugbrücke erkennen. Auch hatte keiner der Männer, die dort ein und aus gingen, auch nur den Ansatz von langen Ohren. Nun lag ein Bild der Hasenburg auf dem Couchtisch, eine Grusskarte von Hasenstall-Fritz daneben, während Zwerghase Fridolin durch Kathrins Mansarde hoppelte.

Ich war wie gewohnt der Einzige, den diese verdächtigen Zusammenhänge beschäftigten. Mutter hatte Vater im Wohnzimmer sitzen lassen, er solle doch zu seinem Fritz ziehen, wenn er ihn so vermisse. Vater setzte die Bierflasche an. Ob der Hasenstall-Fritz auch umgezogen sei und jetzt in der Hasenburg wohne, fragte ich ihn. Er schluckte, nahm die Bierflasche und das Bild und verschwand wortlos im Keller. Auch Mutter half mir nicht weiter. Das sei eine Beiz, basta. Vater hämmerte das Bild an eine Wand in seiner Werkstatt, unterhalb seiner Nagelschuhe, mit denen er einst über Aschenbahnen gerannt war.

Nach dem Hasenburg-Drama wurde es ungewöhnlich beschaulich um Vater. Wie ausgewechselt kam er mir vor, etwa so wie Ettore und Hektor. Er machte sich in keine Abenteuer mehr auf, er blieb daheim und pendelte zwischen seinem auf den Fernseher ausgerichteten Ohrensessel und der Werkstatt. Anfangs dachte ich, dass er sein Hasenburgbild besuchte wie andere ihre Verstorbenen auf dem Friedhof. Oder füllte er rotes Kryptonit in Rotweinflaschen um? Er kam nie mit leeren Händen aus dem Keller hoch, aber jedes Mal etwas langsamer, als wäre die Treppe steiler oder seine Ladung schwerer geworden. Den Abschluss dieser Zeremonie erlebte ich nie, spätestens nach Vaters zweitem Gang in den Keller musste ich ins Bett.

Umso gründlicher überprüfte ich am nächsten Tag die Kryptonit-Reserven in Vaters Werkstatt. Ich fand volle und leere Bier- und Weinflaschen, aber keine Abfüllanlage, nicht einmal einen Trichter. Tauschte Vater etwa gar nichts mehr aus, schenkte er sich jetzt reinen Wein ein? War er nun tatsächlich immun gegen das Kryptonit? Oder wollte er sich als Superheld bereits zur Ruhe setzen?

An einem sonnigen Samstag im Mai erhielt ich die Antwort auf meine Fragen. Die Damen des Hauses waren in der

Stadt, auf der Jagd nach Kathrins Sommergarderobe. Vater stieg nach ihrer Abreise in seine Werkstatt hinunter, ich ins Wohnzimmer, wo mich ein Fernsehnachmittag erwartete.

Der Auftakt war moderat. Wickie befreite Snorre von dessen Zahnschmerzen und den Rest der starken Männer von Snorres Gejammer. Für den ersten Höhepunkt des Nachmittags sorgte Michel von Lönneberga. Seine Mutter Alma hatte Kirschwasser angesetzt, Michel verfütterte die eingelegten Früchte an die Tiere. Bald torkelte das Schwein über den Hof, der Hahn lachte hysterisch und die Hühner fielen vor Schreck in Ohnmacht. Schliesslich kippte auch Michel um und landete einmal mehr im Schuppen, wo er sich seinen Arrest mit dem Schnitzen eines weiteren Holzmännchens verkürzte.

Woran wohl Vater gerade werkle, fragte ich mich, als ich Schritte auf der Kellertreppe hörte. Das Knarren der hölzernen Stufen kam näher, quietschend schwang die Kellertür auf. Dann stand Vater im Stubentürrahmen, eine Bierflasche in jeder Hand, eine unterm Arm, ein entspanntes Grinsen im Gesicht. Er blickte auf den Bildschirm, über den der Vorspann zu *Die Wüstensöhne* flimmerte. Doch Vater war noch im Vorfilm. Wie Michel aus Lönneberga torkelte er in die Stube, stellte ein Bierchen nach dem anderen auf den Beistelltisch und wäre wohl wie der schwedische Lausbub besinnungslos zu Boden gegangen, wäre dort nicht sein Ohrensessel gestanden, in dem er mit einem zufriedenen Stöhnen versank.

Vater überraschte mich einmal mehr. Sein Auftritt kam um mehrere Stunden früher als sonst, die Choreografie war verblüffend präzise. Wie konnte er Michel aus Lönneberga so treffend imitieren, wenn er im Keller gewesen war, als die Sendung hier oben lief? Hatte er einen Fernseher in seiner Werkstatt versteckt? Weshalb hatte er sie überhaupt verlassen? Um gemeinsam mit mir den Höhepunkt des Nachmittags zu erleben? Ich hörte das Lied, mit dem die Wüstensöhne ihre Versammlung eröffneten, doch ich glotzte noch immer Vater an, als könnte ich diese Fata Morgana so im Wohnzimmer halten. Sie prostete mir zu und nickte in Richtung Fernseher.

Stan Laurel und Oliver Hardy hatten sich erhoben, um mit dem Eid der Wüstensöhne ihre Teilnahme am Jahrestreffen in Chicago zu bekräftigen. Stan setzte sich wieder. Er wollte den Eid nicht leisten, da er nicht wusste, ob seine Gattin die Reise erlauben würde. Natürlich nötigte ihn Oliver zum Eid, schliesslich sei der Mann der Herr im Haus. Ebenso natürlich war es dann nicht Stans, sondern Olivers Frau, die ihrem Mann die Reise verbot. Sie hatte ein Wochenende in den Bergen geplant und wusste es auch zu verteidigen. Als die Vase ihren Gatten noch nicht umzustimmen vermochte, zertrümmerte sie halt noch zwei Teller auf dessen Schädel.

Hier ernteten Stan und Oliver unseren ersten Lacher. Es war der erste Lacher überhaupt, den Vater und ich alleine vor dem Fernseher hatten. Ich fühlte, dass dies der Anfang von etwas Grossem war, das unmittelbar mit der Kiste zu tun hatte, aus der uns die schwarzweissen Bilder entgegenflimmerten. Die Müllschachtluke und Ettore und sogar Superman kamen mir weit weg und lächerlich vor. Nur noch die Gegenwart zählte: Stan und Oliver, Vater und ich.

Und der Arzt, der mit einem Wagen voll bellender Hunde vor Olivers Haus vorfuhr. «Warum hast du einen Veterinär geholt?», fragte Oliver seinen Komplizen, den er beauftragt hatte, einen bestechlichen Doktor zu engagieren. «Ich dachte nicht, dass es auf seine Religion ankommt», antwortete Stan mit seiner unübertroffenen Unschuldsmiene. Ebenso unübertroffen dann Olivers Blick aus dem Fernseher direkt in unsere Stube, genervt und verzweifelt zugleich, als könnte Oliver die Dummheit seines Freundes ohne unser

Mitgefühl keinen Moment länger ertragen. Da klingelte es. Oliver eilte zurück in seinen Sessel und begann laut zu stöhnen, Stan öffnete die Tür. Nach einer etwas unmenschlichen Untersuchung stellte der Tierarzt zu Frau Hardys Entsetzen fest, dass ihren Gatten nur noch eine Schiffsreise nach Honolulu retten könne. Er leide an einem schweren Fall von Canus delirus.

An dieser Stelle des Films stand Hektor in der geöffneten Fenstertür, die vom Wohnzimmer zum Gartensitzplatz führte. Mit heraushängender Zunge verfolgte er, wie der Veterinär Oliver eine monströse Pille in den Mund steckte. Als hätte Vater Hektors Auftritt erwartet, winkte er ihn mit einer grosszügigen Geste in die Stube. Während Frau Hardy erklärte, dass sie Seereisen nicht vertrage, steuerte Hektor auf mich zu, ein zerkautes Holzstückchen zwischen den Zähnen. Er legte das Mitbringsel auf mein rechtes Knie, ich erkannte die Überreste einer mit Filzstift gemalten Aufschrift. Der Buchstabe E war deutlich zu entziffern, nach einer Lücke noch der Rest eines N. Hatte dieses Holzstückchen einmal den Namen von Kathrins verstorbenem Hamster getragen?

Ich blickte auf, Hektor sass vor der Mattscheibe und beobachtete hechelnd, wie die Wüstensöhne in Chicago Bier zapften. Frau Hardy war auf die List mit dem Veterinär hereingefallen, stellte ich befriedigt fest und wollte Vater Hektors brisantes Fundstück präsentieren. Doch Vater war ganz im Film. Er öffnete seine dritte Flasche Bier und bat mich, den Kupferteller, auf dem Mutters Osterkerze stand, auf den Teppich zu stellen. Ich zögerte, Hektor stand immerhin unter dringendem Verdacht. Doch der Durst dieses Hunds schien Vater über alles zu gehen. Die Kerze sass im Teller fest, Vater füllte ihn trotzdem. Wie der Turm einer versunkenen Kirche ragte die Kerze aus dem gelben Seelein. Hektor zögerte keine Sekunde, gierig schlabberte er das Bier in sich hinein, während Frau Laurel und Frau Hardy aus der Zeitung erfuhren, dass der Dampfer nach Honolulu unterwegs gesunken sei.

Stan und Oliver bekamen das freilich nicht mit, genauso wenig wie Vater und Hektor. Vater schenkte nach, beugte sich über den gefüllten Kerzenteller und schlürfte mit Hektor um die Wette. Bereits zum dritten Mal an jenem Nachmittag schien es mir, als liefen die schwarzweissen Bilder im Fernseher und Vaters buntes Treiben auf geheimnisvolle Weise ineinander, als gehörten sie beide zu ein und derselben, lediglich etwas anders gefärbten Welt. Denn just als Stan und Oliver nach Hause kamen, drehte sich auch im Schloss unserer Haustür der Schlüssel, ich hörte Mutters Stimme. Hektor schaute benommen auf, Vater blieb neben dem leeren Kerzenteller liegen. Frau Laurel und Frau Hardy nahmen ihre Gatten auf dem Sofa ins Kreuzverhör, Mutter erschien mit einem Eis in der Hand im Stubentürrahmen. Hektor erfasste ihre Stimmung sofort, erhob sich mühsam und tappte Richtung Terrassentür. Vater schaute auf, grinste in Frau Hardys grimmiges Gesicht, bis er merkte, dass Mutter auf der andern Seite stand. Etwas umständlich wandte er sich seiner Gattin zu, sein Lächeln war jetzt so verbindlich wie jenes von Oliver, der noch immer versuchte, seine Honolulu-Lüge an die Frau zu bringen. Weder Frau Hardy noch Mutter liessen sich überzeugen. Als auch noch Kathrin im Stubentürrahmen auftauchte, ging Vater in die Offensive.

Unerwartet schwungvoll kam er vom Boden hoch, eine Hand zur Begrüssung ausgestreckt, als ihn ein erbärmliches Heulen ablenkte. In hysterischem Falsett gestand Stan alles, was Oliver eben verleugnet hatte. Lediglich Frau Laurel fand Gefallen an so viel Ehrlichkeit. Frau Hardys Miene kündigte an, dass sie es diesmal nicht mit einer Vase und zwei Tellern bewenden lassen würde. Oliver sass am Tisch, den Kopf auf die Hand gestützt, als schmerze er bereits jetzt, und schaute in unsere Stube. Galt sein Ärger bloss Stan oder hatte er sich mit Mutter und Kathrin verbündet, die meinen um sein Gleichgewicht ringenden Vater abschätzig musterten?

Nun kam Bewegung in die Szene. Vaters Fuss traf auf den Kerzenteller, glitt mit diesem über den Teppichboden, bis Vater mit der Grazie eines Oliver Hardy auf den Stubentisch krachte. Die Kerze kippte auf den Teppich, ihr Untersatz schoss, von Vaters Fuss beschleunigt, in den linken Flügel der Fenstertür. Als hätte er auf dieses Signal gewartet, hechtete Hektor über die Glassplitter hinweg zurück ins Wohnzimmer, seine braun verschmierte Schnauze liess erahnen, was er mir bringen würde. Bevor ich ihn davon abhalten konnte, hatte er den Erdklumpen schon auf das beige Sofakissen gelegt. Bräunlich und rot hoben sich die Überreste von Egons Fell ab, gelblich weiss die Knochen, die das Ungeziefer blank geputzt hatte. Kathrin kreischte, ihre Hände auf die Ohren gepresst, ihren Blick starr auf den halb verwesten Hamster gerichtet. Vater versuchte, sich vom Stubentisch zu befreien, der sich seitlich auf ihn gelegt hatte. Vater stöhnte. Hatte er sich etwas eingeklemmt? Oder stimmte er in Olivers Jammern ein, über den der gesamte Geschirr- und Pfannenbestand seiner Gattin niederging?

Stan und ich sassen auf unseren Sofas und verfolgten das schaurig komische Spektakel. Stan war wieder zu Hause, seine Frau belohnte seine Ehrlichkeit mit Pralinen. Doch Olivers Schreie, das Klirren des berstenden Geschirrs und das Scheppern der Pfannen drangen zu Stan herüber und vergällten ihm den Genuss. Ich konnte es ihm nachempfinden. Ich hätte das Eis in Mutters Hand, das wohl für mich bestimmt gewesen war, auch nicht geniessen können. Nun fiel es zu Boden, eine leichte, wenn auch unverdiente Beute für Hektor.

Mit dem Abspann der Wüstensöhne ging es bei uns zu Hause erst richtig los. Mutter rief den Herrgott an, Kathrin brüllte etwas von Egon, Hektor kaute. Vater hatte sich gegen den Stubentisch behauptet und blickte verdutzt um sich. Wie eben noch Oliver Hardy sass er inmitten des Chaos, das er angerichtet hatte, und schaute mich mit Stans Unschuldsaugen an. Vater war kein Kryptonier, Vater war ein Slapstick-Star von Laurel und Hardys Gnaden. Nur das Blut, das hinter seinem Ohr hervor seinen Hals hinablief und den Kragen des Oberteils seines Trainingsanzugs tränkte, wollte nicht zu einer Slapstickeinlage passen. Aber vielleicht war mir das Blut im Fernsehen bisher einfach entgangen. Laurel und Hardy kannte ich nur schwarzweiss.

Mutter hielt sich mit bemerkenswerter Präzision ans Drehbuch des Films, den sie gar nicht gesehen hatte. Plötzlich war sie weg und kam mit Dr. Holzer zurück, einem Tierarzt, der schräg gegenüber wohnte. Im ersten Moment dachte ich, dass ihre Sorge Hektor galt, der träge am Boden lag. Doch Dr. Holzer steuerte auf Vater zu. Die Schulterpartie des blauen Trainingsanzugs war rot gefärbt, etwas zu dunkel für die Vereinsfarben unseres berühmten städtischen Fussballklubs, der in jener Saison nicht zu seiner alten Form fand. Auch Vater wirkte noch etwas benommen, als der Veterinär sich hinter seinem Ohr zu schaffen machte.

Mutter und Stan behielten recht, zumindest in Vaters Fall spielte die Religion des Arztes keine Rolle. Er brachte den Blutstrom zum Versiegen, ohne dass der Notfallwagen bereits wenige Wochen nach unserem Einzug vor unserem neuen Domizil hätte halten müssen. Mutter gab viel auf unser Ansehen in der Nachbarschaft. In seiner Kernkompetenz konnte sich der Veterinär hingegen nicht beweisen. Er kniete noch immer neben Vater, als Hektor sich erhob und ohne Vorwarnung in Dr. Holzers Schoss kotzte.

Obwohl Kathrin den Fernseher vor zehn Minuten abgestellt hatte, wurde ich das Gefühl nicht los, dass er weiterlief. Ich betrachtete den dunkelgrauen Bildschirm, dann meine Familie, die die gelbliche Brühe in Dr. Holzers Schoss bestaunte. Da kam es mir plötzlich so vor, als wären wir im Fernseher drin. Ich bräuchte ihn nur einzuschalten, und wir könnten uns auf der Mattscheibe bewundern. Nur wusste dies niemand ausser mir. Und natürlich Vater, der ja die Hauptrolle spielte. Er hatte eindeutig am meisten Talent. Mutter, Kathrin und Dr. Holzer kamen mir zu wirklich vor, als dass sie ihren Part spielen würden. Aber für wen war diese Vorstellung überhaupt?

Ein banger Gedanke schoss mir durch den Kopf, ich blickte zur Fenstertür. Würde jetzt dann gleich Kurt Felix über die Scherben hinweg in unsere Stube treten? Ich sah sein gewinnendes Lächeln und Mutters ungläubiges Gesicht schon vor mir, wenn er ein Bild von der Wohnzimmerwand nehmen und die versteckte Kamera präsentieren würde. Unser Hasenstall im Samstagabendprogramm, die Rache des Tapezierers Fritz? Nicht dass ich Vater die Publizität nicht gegönnt hätte, sein Talent verdiente breite Beachtung. Doch im *Teleboy* traten nur unfreiwillige Komiker auf, sonst hätte Kurt Felix seine Kamera nicht zu verstecken brauchen. Vater hingegen war ein Profi. Hatte er nicht eben Michel aus Lönneberga und gleich anschliessend Laurel und Hardy aufs Trefflichste imitiert? Vater gehörte nicht in eine Samstagabendshow. Vater gebührte die Hauptrolle in einem Spielfilm.

Zu meiner grossen Erleichterung kam Kurt Felix dann doch nicht durch die Fenstertür. Sicherheitshalber fragte ich Mutter, ob die das auch ohne unsere Einwilligung im *Teleboy* senden dürften. Plötzlich galt mir die ganze Aufmerksamkeit. Mutter, Kathrin und Dr. Holzer schauten mich an, als käme ich von einem andern Planeten. Dabei hatte ich doch gerade eingesehen, dass ich kein Kryptonier war. Dr. Holzer murmelte etwas von Schock, Kathrin fragte mich, ob ich spinne, Mutter hielt ihre Hand an meine Stirn. Als Vater mir zuzwinkerte, war ich beruhigt. Hier gab es keine versteckte Kamera. Vater hatte bloss geprobt.

Der Sommer kam und ging, Vater erschien weder auf der Leinwand noch auf dem Bildschirm. Täglich studierte ich das Fernsehprogramm, einmal wöchentlich die Kinoanzeigen, von Vater keine Spur. Ein Verdacht wurde allmählich zur Gewissheit: Vater verwendete einen Künstlernamen. Logisch. Wenn nur schon eine Probe Mutter und Kathrin derart aufregte, wie würden sie auf einen Auftritt Vaters im Fernsehen oder gar im Kino reagieren? Noch Tage nach unserem Samstag mit den Wüstensöhnen straften sie Vater mit beredtem Schweigen, wie damals nach seinem Abenteuer im Müllschacht. Ich hielt zu ihm, auch wenn er meine Unterstützung nicht brauchte.

Im Gegenteil. Vater schien es sogar zu behagen, wenn wir zu viert am Mittagstisch sassen und schwiegen, ob nun der Nachrichtensprecher oder Peter Alexander das Wort hatte. Ich beobachtete, wie Vater den Löffel in den Mund schob, den Blick auf den Teller gerichtet, als entziffere er eine geheime Botschaft aus den Buchstaben, die in seiner Suppe schwammen. Oder studierte er eine neue Rolle ein? Schaute Vater auf und erwiderte mein Staunen mit einem Zwinkern, schämte ich mich, ihn bei der Arbeit gestört zu haben. So weit kam es selten. Mutter war meist schneller und beendete meine Vaterstudien mit der Mahnung «Iss, es wird sonst kalt».

Mutter ging es nicht um die Suppe. Sie wollte verhindern, dass ich begreifen würde, was mir längst klar war. Dabei verstand ich Vaters Ambitionen viel besser als Mutters Vorbehalte gegen sie. Stets auf Sicherheit bedacht, sah Mutter

Vater lieber hinter dem Panzerglas seines Büros als auf der vergleichsweise dünnen Mattscheibe. Dass ihm dabei vor lauter Sicherheit die Luft wegblieb, schien Mutter zu entgehen.

Vielleicht hätte ich ihr einen meiner mittäglichen Weckdienste abtreten sollen, dann hätte sie gesehen, wie Vater im Schlaf nach Luft schnappte. Aber meine Weckdienste waren mir heilig. Das hätte ihr eh nichts geholfen. Sie wollte ja auch nicht einsehen, wie gut Vater das abendliche Proben tat. Sie hielt sich lieber an dem bisschen Blut auf, das offensichtlich zu seinem Spiel gehörte. Statt sich mit Vater zu freuen, sorgte sie sich um den Zustand meines Gemüts oder jenen des neuen Teppichs. Und um das Ansehen unserer Familie. Dabei waren Kathrins Fransen, ihre Schwedenzoccoli und Schlaghosen weitaus rufschädigender.

Oder hatten Vater und ich einfach keine Ohren für den Ruf, den Mutter meinte? Wie wir keine Hände und Füsse für Ballspiele hatten? Als ich zu Ostern einen Handball geschenkt bekam, gingen wir auf Mutters Befehl hin zusammen in den Park. Beim ersten Ballwechsel verstauchte sich Vater den Mittelfinger, den er an einem Bier im Parkrestaurant kühlte. Ich lieh den Ball zwei Drittklässlern, die für Gebrauchsspuren sorgen sollten. Ich wollte nicht, dass Mutter unser Spiel durchschaute.

Doch ihre Nase war zu gut. Weder die Grasflecken auf dem Ball noch Vaters Finger interessierten sie. Es war Vaters Fahne, die Mutter zu immer neuen Attacken anfachte. Mit gesenktem Haupt sass er im Ohrensessel und rieb seinen Mittelfinger, während Mutter seine Vaterqualitäten in Frage stellte. Dabei drückte sie mich an sich und streichelte mir über den Kopf, als müsste sie mich trösten. Wer hatte sich den Finger verstaucht, Vater oder ich?

Er hatte es nicht leicht, mein etwas anderer Vater. Die besseren Beispiele lauerten überall. An lauen Sommerabenden strömten sie auf die Wohnstrassen unseres Quartiers und spielten mit ihren Kindern Fuss- oder Federball. Wenn sie ihnen nicht gerade beim Lösen der Mathematikaufgaben halfen, ihnen einen Vortrag schrieben oder mit ihnen einen Beatles-Song einstudierten. Das war Mutters Vorstellung eines echten Vaters. Es gab Momente, in denen ich die Vorteile einer klassischen Vaterfigur nicht ganz neidlos anerkennen musste.

Zum Beispiel, wenn der Musiklehrer sich darauf versteifte, dass jede und jeder in seiner Klasse ein Lied vorsingen müsse. Alleine. Ohne Instrumentalbegleitung. Ein väterlicher Rat hätte mich wohl vor der Atemnot bewahrt, die meine Darbietung von *Die Gedanken sind frei* ruinierte. Mit jedem Ton kam ich mir fremder vor. Ich hörte mich, aber ich erkannte mich nicht. Es war ein anderer, der da inmitten meiner Klasse stand. Alle schauten zu ihm hoch, er fixierte den Musiklehrer, der vor der Wandtafel sass und sich um diesen Schüler zu sorgen begann, der nach jedem dritten Wort nach Luft schnappte, als stände ihm das Wasser bis zur Nase. «Kein Mensch kann ... sie wissen kein ... Jäger erschiessen.» Ich brach ab und setzte mich. So musste es Vater hinter seinem Panzerglas gehen! Ich beschloss, sitzen zu bleiben. Sollte der Musiklehrer versuchen, mich an einem Ohr hochzuziehen, konnte er es haben. So wollte ich mich nicht mehr hören. Erstaunlicherweise klang mein Musiklehrer erleichtert, als er sich bei mir bedankte und meinen Sitznachbarn Mick aufrief. Der erhob sich und begann mit einem süffisanten Grinsen in den Backen *Let It Be* zu singen.

Das war ein starkes Stück. Auf diese Idee war bisher niemand gekommen. Wir hätten uns wohl alle ans Gesangbuch gehalten, auch Mick. Doch er hatte einen Vater, der wie Paul McCartney aussah und gleich viel verdiente, denn er hatte seinem Sohn zum neunten Geburtstag ein fünfteiliges

Schlagzeug geschenkt. Mick machte mit der Idee seines Vaters Schule, nach seiner Darbietung schlugen die meisten ihr Gesangbuch zu. Zum Missfallen unseres Musiklehrers, der sich nun einen dilettantisch dargebotenen Querschnitt durch die Hitparade gefallen lassen musste.

Mick strahlte, es wurde geradezu heiss neben ihm. Er zehrte von der Überzeugungskraft seines Vaters, die zu knapp bemessen war, um sie mit einem Freund und Sitznachbarn zu teilen. Dieses Phänomen kannte ich von Ettore. Auch Mick würde eines Tages mit einem übergrossen Fellrucksack an einer Kreuzung stehen und begreifen, dass das Gewicht auf seinen Schultern von seinem Erzeuger stammte.

Da hatte ich es leichter, Vater machte mir keinerlei Auflagen. Bei uns war es umgekehrt. Ich hatte das Gefühl, Vater mit meinen unausgesprochenen Erwartungen an seine Filmkarriere zu belasten. Als hätte er nicht schon genug Druck von allen Seiten gehabt! Aber ich konnte nicht anders. Ich wollte Teil seiner Welt werden, die mir unendlich viel interessanter schien als alles, was mein Alltag oder Micks Vater zu bieten hatten. Was interessierte mich ein Schuss ins Lattenkreuz, wenn Vater mit einem Ausfallschritt einen Kerzenteller in unserer Fenstertür versenken konnte? Was kümmerten mich Balgereien auf dem Pausenhof, wenn Vater im Kampf gegen den Stubentisch eine Platzwunde in Kauf nahm? Welche Abenteuer sollten mich in unserem aufgeräumten Wald erwarten, nachdem ich mit den unergründlichen Tiefen eines Müllschachts Bekanntschaft gemacht hatte?

So sass ich meist als Letzter auf dem Turnhallenboden, wenn die beiden besten Fussballer ihre Mannschaften wählten. Auch war ich nach wie vor ein beliebter Gegner, wenn jemand einen reibungslosen Sieg auf dem Pausenplatz brauchte. Und wenn wir am Samstag in blauen Hemden, kurzen Hosen und Wanderschuhen am Lagerfeuer sassen, hielt ich mein Knie angezogen in beiden Händen wie Marlene Dietrich auf dem Filmplakat von *Der blaue Engel*. Der schiefe Blick meines Rudelführers liess mich kalt. Wenn ich schon nicht dazugehörte, konnte ich die Zeit ja für mich nutzen. Ich wollte so werden wie Vater und wusste, wie fleissig er probte.

Der blaue Engel hing seit einer Woche an meiner Zimmerwand. Es war das einunddreissigste Plakat, das erste in der vierten Reihe. Ich hatte oben links mit Woche eins begonnen: *Alien*. Es folgten *Manhattan, Casablanca, Die Ehe der Maria Braun,* immer der Reihe nach, die mir der Kalender lieferte. Die ersten zweiundzwanzig Plakate hatte ich am selben Tag aufgehängt, an dem ich den Kalender geschenkt bekam. Es war mein zehnter Geburtstag gewesen. Dann stoppte ich. Ich brachte es nicht fertig, ein Kalenderblatt abzureissen, bevor seine Zeit abgelaufen war. So wuchs meine Filmbildung nun halt im Wochentakt.

Ich hatte noch keinen der Filme gesehen, die sich über meinem Bett ankündigten. Für die allermeisten war ich zu jung. Ich war mir auch nicht sicher, ob mich jeder dieser Filme interessierte. Doch die bunte Mischung aus Köpfen und Schriftzügen hatte etwas Verheissungsvolles. Weshalb rannte Cary Grant vor einem Flugzeug davon? War der Revolver, mit dem mich Belmondo bedrohte, geladen? Weshalb trugen Jack Lemmon und Tony Curtis Frauenkleider?

Mein Lieblingsplakat zeigte Jack Nicholson im Profil. Er trug einen Hut und einen gestreiften Anzug, in seinem Mund steckte eine brennende Zigarette. Aufsteigende Rauchschwaden schmiegten sich wie wallendes Haar um ein Frauengesicht, das mit dem gelben Plakathintergrund verwachsen schien. Was das alles mit China zu tun haben sollte – die Dame war keine Asiatin –, war mir ebenso rätselhaft wie das Wörtchen *town,* das direkt auf die Länderbezeichnung folgte. Ich prägte mir trotzdem alles ein. Auch die Namen Jack Nicholson, Faye Dunaway, John Huston, Robert Evans, Roman Polanski und Robert Towne. Und ich sehnte den Moment herbei, wenn der geheimnisvolle Zigarettenrauch auf der Leinwand Gestalt annehmen würde.

Da ich nicht wusste, welche dieser Filme gut waren, merkte ich mir die Namen auf den weniger anziehenden Plakaten ebenfalls. Ich wollte mich gründlich auf Vaters Branche vorbereiten. Was gar nicht so einfach war. Liess Mutter meine Lektüre des Kino- und Fernsehprogramms noch als etwas suspektes Lesetraining durchgehen, so hatte sie klare Vorstellungen davon, wie viel Zeit ich vor der Mattscheibe verbringen durfte. Mein Argument, ich trainiere Fernsehen, zog nicht. Mutter wollte wohl verhindern, dass ich in Vaters Fahrwasser käme. Wenn ich ins Bett musste, sass er stets vor dem braunen Kasten mit der leuchtenden Scheibe. Bei Vater gehörte das zur Weiterbildung. Umso erstaunlicher, dass ihn Mutter gewähren liess. Ich hingegen musste mich mit dem Nachmittagsprogramm zufriedengeben.

Auch wenn mir Fantômas und Winnetou, Miss Marple und Little Joe, der rosarote Panther, die Muppets, Lassie und mein Onkel vom Mars gefielen, wusste ich von meinen Kinderzimmerwänden, dass es da noch anderes gab. Ich begann die Filme zu träumen, deren Plakate mich Nacht für Nacht umhingen, und in jedem dieser Filme spielte Vater eine Rolle. Nur konnte ich diese Träume genauso wenig in den Tag retten wie die Spätfilme im Fernsehen, die mir jede Nacht entgingen. Mutter blieb hart. Sonst würde ich noch fernsehsüchtig und bekäme viereckige Augen.

Diese Meinung teilte sie mit Herrn Schönewerder, dem Vater meines Freundes Dieter. Schönewerders besassen keinen Fernseher, weshalb Dieter gerne bei uns vorbeischaute.

Abends holte ihn sein besorgter Vater ab. Der stand jeweils noch lange nach dem Ende des Kinderprogramms im Türrahmen unseres Wohnzimmers und starrte in den flimmernden Kasten, während Mutter sich um Konversation bemühte. Es war dann Dieter, der seinen Vater nach Hause bringen musste, sonst wäre der bis Sendeschluss in unserer Wohnzimmertür stehen geblieben. Sie hätten aus ideologischen Gründen keinen Fernseher, erklärte mir Dieter einmal. Die Antwort auf meine Frage, was ideologisch bedeute, blieb er mir schuldig. Mit dem, was ich unter logisch zu verstehen glaubte, konnte es nichts zu tun haben. Ich vermutete vielmehr, dass es um die Kraft ging, die das Fernsehgerät ausstrahlte. Wenn Herr Schönewerder schon Mühe hatte, sich von unserem Türrahmen zu lösen, wie hätte er sich je wieder aus einem Sofa befreien können, vor dem ein Fernseher lief?

Ich spürte diese Kraft auch, Mutter hatte einen guten Instinkt. Aber der Bann war nicht mehr zu brechen. Glücklicherweise erliegen wir alle einem Zauber. Meine Schwester etwa hatte kaum Probleme, sich vom Fernseher zu lösen. Stiess sie jedoch auf eine Packung Popcorn oder Pommes-Chips, war sie verloren. Dieser Bann war erst gebrochen, wenn die Packung leer war. Nur teilte sie ihr Popcorn-Problem mit Mutter, während meine Faszination für den Film mich auf Vaters Seite schlug. Solche Teambildungen waren wohl normal. Ich kannte sie von Vaters Familie.

Vater hatte sechs Geschwister. Er war der Vierte, genau in der Mitte. Er galt trotzdem als Exzentriker. Aus dem Rahmen von Vaters Familie zu fallen, war allerdings einfach. Ich stellte ihn mir aus demselben Holz gezimmert vor, aus dem der Stock von Vaters Vater war.

Dieser Grossvater war für mich immer so schwarzweiss gewesen wie das einzige Bild in meinem Fotoalbum, auf dem wir gemeinsam auftraten, er bereits über siebzig, ich noch nicht einmal eins. Als Mutter Anfang der Siebzigerjahre zum Farbfilm wechselte, war Grossvater tot. Grossmutter schaffte es in die farbige Ära, sie blieb trotzdem schwarzweiss. Mit ihren grauen Kostümen, ihren weissen Blusen und ihren silbernen Haaren schien sie alles daran zu setzen, die Position ihres Gatten einzunehmen.

Das gelang ihr. Ich konnte mir Grossvaters Stock nicht härter vorstellen als das Fünffrankenstück, das sie an meinen Geburtstagen unter meinem Teller versteckte. Spätestens zu meinem zehnten Geburtstag hätte ich ein Nötchen erwartet. Ich spielte trotzdem den freudig Überraschten, als es bei der gewohnten Münze blieb. Ich wollte Vater nicht in Schwierigkeiten bringen, seine Mutter setzte ihm schon genug zu. In ihrer Gegenwart ging Vater ein, wurde immer kleiner und krummer, bis er beinahe selbst einen Stock brauchte. Das nahm ich Grossmutter weit mehr übel als ihren Geiz.

Dabei hatte Vater gleich viel erreicht wie seine Geschwister. Er war verheiratet, hatte zwei Kinder und eine sichere Stelle. Irgendetwas an ihm war dennoch anders. Besonders augenfällig wurde dies an den Familienfesten. Sie waren selten, aber nie ohne Folgen. Und sie hatten immer dieselbe Einleitung. Schon Wochen vorher sprach Mutter von diesen Anlässen, als gelte es dort etwas zu verteidigen, das nur Vater verteidigen konnte. Doch sie traute es ihm nicht zu. In ihren Augen hatte er in der familiären Arena bisher versagt. Dass dies an der Parteilichkeit der Kampfrichterin liegen könnte, schloss Mutter aus. Sie war auf Grossmutters Seite.

Umso nervöser war Vater vor dem achtzigsten Geburtstag seiner Mutter. Er trug seinen besten Anzug, Hemd und Krawatte, als hätte er einen wichtigen Termin hinter seinem Panzerglas. Wie sollte er in dieser starren Rüstung einen Sieg erringen? Warum liess ihn Mutter nicht in seinem blauen Trainingsanzug antreten, der ihm nach spätestens einer Stunde zu jenem Lächeln verhalf, das nur angehende Sieger tragen konnten?

Irgendwann im Lauf eines jeden Familienfestes fand Vater auch in Anzug und Krawatte zu seinem Lächeln. Dann war die Schlacht geschlagen und Mutter machte ein Gesicht, als hätte sie sie höchstpersönlich verloren. Einem unbeteiligten Beobachter hätte Vater auch als Sieger erscheinen können, so entspannt und zufrieden sass er da, die Krawatte gelockert, die obersten beiden Hemdknöpfe geöffnet. Nur ging es bei diesem Familienspiel nicht um Entspannung, sondern um Haltung. Wer sie am längsten bewahren konnte, hatte gewonnen. Wer sie verlor, war ein Verlierer.

Was Haltung war, gab Grossmutter vor. Je glatter ihr silbernes Haar um ihr Haupt geknotet war, desto höher waren ihre Ansprüche. Entsprechend sorgfältig frisiert waren die Köpfe meiner Tanten und Onkel. Da wurde gestreckt, geföhnt und gelackt, bis der letzte Widerstand gebändigt war. Am stromlinienförmigsten war Onkel Karl, sein Haar schien an seinem Schädel festgeklebt. Er war der Älteste und hatte am meisten Übung.

Es gab nur einen, der sich diesem Regime schadlos widersetzen konnte. Götti Sämi liess den Wellen auf seinem Kopf freien Lauf. Er war Fotograf, der Künstler in der Familie und erst noch erfolgreich. Er hatte eine schöne Frau und Kinder, denen er alles beibrachte, was er konnte. Das war einiges. Er sang wie einer der Opernstars auf Vaters Schallplatten und sprach viele fremde Sprachen. An Weihnachten verschickte er die wunderbarsten Fotografien. Einmal sass er mit seiner Familie in einem Planwagen, unterwegs in den Wilden Westen. Ein anderes Mal wohnten sie in einem weissen Zelt auf dem Mond. Für Götti Sämi war nichts unmöglich.

Ich sah es gerne, als Vater und er an Grossmutters achtzigstem Geburtstag die Köpfe zusammensteckten. Vielleicht wollten sie gemeinsame Sache machen! Der Fotograf und der Schauspieler, beide grenzenlos in ihren Ansprüchen. Das perfekte Team. Jedenfalls wollte Vater noch nicht heim. Er schickte Mutter zurück zum Dessertbuffet, was mir gelegen kam.

Als Mutter ihn zum zweiten Mal bat, uns nach Hause zu fahren, war das Dessertbuffet abgeräumt. Doch Vater hatte eben eine neue Flasche bestellt und unterhielt sich noch prächtiger mit Sämi als zuvor. Nun gefiel mir Vater wieder. Er hatte zu seiner wahren Grösse zurückgefunden. Vor ein paar Stunden noch hatte er sich zu seiner Mutter hinuntergebeugt und mit jedem Küsschen einen halben Kopf eingebüsst. Nun umarmte er dieselbe Frau so überschwänglich, dass sie in seinen Armen zu ersticken drohte.

Vaters plötzliches Wachstum irritierte nicht nur meine Grossmutter. Auch die Blicke meiner Tanten und Onkel wurden verstohlener, doch sie glitten an Vater ab. An Mutter fanden sie besseren Halt. Sie bohrten, bis sie ein Stückchen von ihr losgebrochen hatten. Mutter zerbröckelte unter den Augen von Vaters Familie, als könnte sie so sein Ansehen bewahren.

Vater rückte mit jeder Stunde weiter an den Rand der Festgesellschaft. Früher oder später kam er immer dort an, als wäre es seine angestammte Position. Sie entspannte ihn, er sank in sich zurück. Er stand nicht einmal mehr auf, wenn seine Brüder, Schwestern, Schwägerinnen und Schwäger sich von ihm verabschiedeten. Am Ende eines jeden Familienfestes hielt Vater Hof, als wäre er zum Familienoberhaupt aufgestiegen. Es war jedoch nie ganz klar, ob er den launischen Herrscher oder dessen Hofnarr gab.

Ich fand diese Abschiedszeremonie komisch. Wie Charlie Chaplin, Jerry Lewis oder Stan Laurel war Vater durch eine Verwechslung in eine unpassende Rolle gerutscht. Er brachte seine Mitspieler damit in Verlegenheit. Aber waren das überhaupt Mitspieler oder bloss Zuschauer, zu höflich, um ihre Meinung offen auszusprechen, zu unhöflich, um sitzen zu bleiben, bis die Vorstellung zu Ende war? Wenn sie sich von Vater verabschiedet hatten, waren sie erleichtert. Kaum wähnten sie sich unbeobachtet, schüttelten sie mitleidig den Kopf. Oder sie wandten sich mit sorgenvollem Gesicht an Mutter und drückten ihr die Hand oder die Schulter, als wollten sie die Bröckchen, die sie ihr zuvor weggeschaut hatten, wieder an ihr festpappen.

Es war meist Götti Sämi, der Vaters Auftritt mit ihm zu Ende spielte. Er half ihm auf, Arm in Arm torkelten sie zum Auto. Dann fuhr er uns in unserem Renault 12 nach Hause. Kathrin, Mutter und ich sassen auf der Rückbank, auf dem Beifahrersitz dirigierte Vater ein Orchester. Bereits auf der Strasse vor unserem Reihenhäuschen beharrte Mutter darauf, dass Vater und ich ins Bett gehörten. Vater liess sich von Götti Sämi in seinen Ohrensessel begleiten, wo er ihm noch ein Gläschen offerierte. Aber Sämi hatte es plötzlich eilig. Er drückte uns zum Abschied kurz und fest, Mutter drängte ihm einen Geldschein auf, das Taxi warte bereits.

Als Götti Sämi weg war, zog Mutter ihre Schuhe aus. Auf den Strümpfen tappte sie ins Wohnzimmer wie ein Fussballer nach der Verlängerung eines verlorenen Endspiels. Vater hatte den Fernseher eingeschaltet, Mutter blieb im Türrahmen stehen. Sie musterte ihren Mann von der Seite. Ich setzte mich ins Sofa und wartete auf den Blitz und den Donner, der diese Hochspannung entladen würde. Doch Mutter meinte lediglich, dass er das ja mal wieder toll hingekriegt habe. Für ein Kompliment klang ihre Stimme allerdings zu matt. Vater schaute in den Fernseher, eine Ansagerin kündigte den Spätfilm an. *Der dritte Mann* lautete sein Titel, sie wünschte uns viel Vergnügen.

Vater lud Mutter mit einer grosszügigen Handbewegung ein, sich zu setzen, während ein mir unbekanntes Saiteninstrument die Anfangsmusik des Films spielte. Dieses Stück habe sie doch auch mal gekonnt auf ihrer Zither, sagte Vater mit einem Lächeln, das er sonst den Opfern von Kurt Felix' versteckter Kamera vorbehielt. Mutter schaute ihn lange an, ich kannte diesen Blick. Es war die allerletzte Mahnung. Vater zuckte mit den Schultern. Das sei doch ein Klassiker, und er spiele erst noch in ihrer Heimat.

Grauschwarze Kirchtürme und Kuppeln ragten in einen grauweissen Himmel, von dem vermutlich die Sonne schien, doch die quer in das Panorama gestanzten weissen Buchstaben des Wortes *Wien* überstrahlten alles. Es folgten Bilder von Statuen und anderen Sehenswürdigkeiten, während eine Männerstimme vom alten Wien sprach, das er nie gekannt habe. Er habe die Stadt nur in der klassischen Periode des schwarzen Marktes erlebt. Damit meinte er wohl die bleichen Männer in dicken Mänteln, die einen Koffer öffneten, in dem ein Anzug, ein paar Schuhe und Konservendosen lagen. Hastige Hände griffen nach den Waren, als wären es Golddukaten. Andere tauschten Geldscheine gegen Medikamente. Ein entblösster Unterarm präsentierte fünf alte Uhren verschiedener Grösse. Auch er war hektisch, obwohl er seine Zeit so genau bemessen konnte.

Bisher hatte keiner in diesem Wien ein Gesicht. Es gab nur Gesten und Waren, gelegentlich trieb eine Leiche in der Donau. Selbst die Häuser hatten ihre Fassaden verloren, fensterlos gähnten sie in den Tag. Arbeitslose Dachgerippe dehnten sich über Ruinen, in einem Schutthügel suchte ein Mann nach seinem verlorenen Glück. Die Ersten, die in dieser Stadt ihr Gesicht zeigten, waren die Soldaten und die Polizisten. Vier uniformierte Männer sassen in einem offenen Jeep, jeder schaute in eine andere Richtung, als könnten sie sich nicht ausstehen. Ob der Anblick dieser lädierten Stadt angenehmer war?

Mutter fühlte sich nicht wohl angesichts dieser Bilder, da schaute sie noch lieber Vater an. Ihre Augen füllten sich und liefen über, Mutter packte die Türfalle und schlug die Wohnzimmertür so heftig zu, dass es in meinem rechten Ohr pfiff. Ich bohrte meinen kleinen Finger in den Ton und schaute zu Vater. Er hielt sich das letzte Glied des linken Zeigefingers waagrecht unter die Nase und streckte der Tür die Zunge heraus.

Die Geschichte mit dem Finger war nicht neu. Er stellte den Schnauz der beiden Männer dar, unter deren Herrschaft Mutter aufgewachsen war. Den einen kannte ich aus Chaplins *Der grosse Diktator*. Er war massgeblich für die Trümmer zuständig gewesen, die wir eben gesehen hatten. Den anderen kannte ich von einem schwarzweissen Foto, das meine noch jugendliche Mutter mit ihren vier Geschwistern – drei würden noch folgen – und ihren Eltern zeigte. Sie lächelten alle, mein österreichischer Opa aber strahlte, als könnte er so seinen Schnauz besser zur Geltung bringen.

Da er mich an Charlie Chaplin erinnerte, stellte ich mir diesen Opa als heiteren Menschen vor. Ich hätte ihn gerne kennengelernt und fragte mich, weshalb er so viele Jahre vor meiner Geburt schon gestorben war. Mit diesen düsteren Bildern Wiens vor Augen und einem Pfeifen im rechten Ohr zweifelte ich erstmals an der Fröhlichkeit meines Opas. Vielleicht waren die Österreicher gar nicht so lustig wie ihre Sprache?

Ich liebte es, wenn Mutter mit ihrer Mutter oder ihren Geschwistern telefonierte. Sie klang dann echter, als wenn sie Schweizerdeutsch sprach. Obwohl sie so gut wie keinen Akzent hatte. Nur hie und da verriet sie sich mit einem Wort, das eine geborene Schweizerin nicht gebrauchen würde. Dann korrigierte sie Vater mit einer Strenge, als fürchtete er, dass ihr sonst jener berüchtigte Schnauz wachsen würde. Dabei hatte er bei unseren Besuchen in Mutters Heimat

genügend Gelegenheit gehabt zu sehen, dass sich die Öster-
reicherinnen nicht rasieren mussten. Wenigstens nicht im
Gesicht. Aber wenn es um seinen Dialekt ging, kannte Vater
keine Kompromisse. Selbst im Tirol blieb er strikt bei seinem Schweizerdeutsch.

Ich hatte diese Haltung bisher nicht verstanden. Doch
wie ich die vier Polizisten sah, von denen keiner dieselbe
Sprache sprach, und den Zustand der Stadt, durch die sie
patrouillierten, begann ich zu ahnen, wovor Vater uns bewahren wollte. Es ging um mehr als um einen Dialekt. Es
ging um Ordnung. Und die hatte in der Hauptstadt von
Mutters Heimat damals offensichtlich gefehlt. Auf Omas
Kopf fehlte sie noch immer, auch wenn sie nie in Wien ge-
lebt hatte. Ich liebte ihre luftigen weissen Löckchen, die sich
jeglicher Disziplinierung widersetzten. Was für ein Gegensatz zum silbergrauen Knoten, den meine Schweizer Grossmutter trug!

Mutter rang mit diesem Erbe. Wie sollte sie jemals eine
ordentliche Schweizerin werden, wenn schon ihre Haare
sich dagegen sträubten? Besonders bei feuchter Witterung
krauste sich alles auf ihrem Kopf, da halfen weder Föhn
noch Haarspangen. Dann musterte sich Mutter im Spiegel,
wie sie manchmal das Chaos in meinem Zimmer musterte,
resolut und gleichzeitig resigniert. Dabei war Mutter doch
bereits sehr weit gekommen, wenn man Vater glauben
wollte. Als ich unser Reihenhäuschen mit dem Zustand der
Wiener Altstadt auf dem Bildschirm verglich, sah auch ich
keinen Grund, weshalb Mutter die Wohnzimmertür hätte
zuschlagen sollen. Eigentlich hätten sie diese Bilder einer
zerrütteten Welt, der sie so glücklich entkommen war, mit
Dankbarkeit erfüllen müssen. Daran erinnerte Vater sie,
wenn er in Bedrängnis war. Und Mutter verstummte.

Hätte sie sich noch etwas vor dem Fernseher geduldet,
hätte sie gesehen, dass es auch damals ordentliche Orte gab

in der Hauptstadt ihrer Heimat. In dieser Hinsicht konnte es der Wiener Zentralfriedhof mit unseren Ruhestätten allemal aufnehmen. Die Grabsteine und Kreuze standen aufrecht zwischen hohen Bäumen, die Totenruhe schien man selbst dem Feind zu gönnen. Der Pfarrer warf Erde auf Harry Limes Sarg und reichte das Schäufelchen einer schönen jungen Frau. Sie schüttelte den Kopf, drehte sich ab und ging. Holly Martins betrachtete sie verhohlen von der Seite, sie würdigte ihn keines Blickes.

Unsere Wanduhr schlug elf Mal. Ich sass in meinem braunen Anzug, den ich schon zur Erstkommunion hatte tragen müssen, auf dem Sofa und sah meinen ersten Spätfilm. Dieser Wunderkasten hatte unser Wohnzimmer in Beschlag genommen. Das Wien einer vergangenen Epoche machte sich in unseren vier Wänden breit, alle bisher geltenden Regeln schienen ausser Kraft. Ich sorgte mich je länger, je weniger um Mutters Abgang. Bald war ich ganz bei Holly Martins, einem abgebrannten Autor von Abenteuerromanen.

Holly wollte seinen alten Schulfreund Harry Lime in Wien besuchen. Als er in dessen Wohnung ankam, war Harry gerade umgekommen. Direkt vor seinem Wohnhaus überfahren, vom eigenen Chauffeur. Major Calloway, einer der Uniformierten, die Wien beherrschten, fuhr Holly vom Friedhof zurück in die Stadt. Ein paar Drinks später schwelgte Holly in Erinnerungen an seinen verstorbenen Freund, den besten, den er je gehabt habe. Calloways Harry schien ein ganz anderer gewesen zu sein: einer der übelsten Schieber, den Wien je gesehen habe. Holly stand auf, er musste die Ehre seines toten Freundes verteidigen. Doch Hollys Beine wankten, als wären sie sich längst nicht so sicher wie sein Kopf und sein Herz.

Erhob sich Vater deshalb aus seinem Sessel? Wollte er Holly in seiner Haltung unterstützen, auch wenn sein eigener Stand alles andere als stabil war? Er trug noch immer seinen Anzug, sein kurzes Haar war ordentlich in eine Richtung gekämmt, er hätte Hollys Bruder sein können. Vater wankte zur Tür, Holly holte aus. Die Tür schwenkte auf Vater zu, Holly ging zu Boden. Calloways Assistent Paine war schneller gewesen. Vater hingegen klammerte sich mit beiden Händen an die Türfalle. Sein Blick suchte am Bildschirm Halt, glitt immer wieder ab. Paine half Holly aufstehen, Vater torkelte Richtung Kellertür.

Nun sass ich allein in diesem fremden Wien, meine Hände und meine Füsse waren plötzlich eiskalt. Aber ich war fest entschlossen, gemeinsam mit Holly den Fall Harry Lime aufzurollen. Auch ich glaubte nicht mehr an einen Unfall. Ich war stolz auf Holly, dass er sich von Major Calloway nicht von seinen Recherchen abbringen liess. Er befragte Harrys zwielichtige Freunde, bis sie sich in Widersprüche verstrickten. Ich konnte der Handlung bald nicht mehr folgen, verlor mich in den Bildern und Tönen, Gesichtern und Gesten. Calloways Pokerface, Hollys Schlafzimmerblick, das schiefe Lächeln des Baron Kurtz, wenn er sein Schosshündchen streichelte, der singende Tonfall des Portiers, wenn er Holly damit drohte, seinen wienerischen Charme zu verlieren. All diese Anzüge, Hüte und Krawatten, diese hohen Räume und breiten Strassen. Und Anna.

Für Holly war es Liebe auf den ersten Blick gewesen, als er sie am Grab ihres Geliebten hatte stehen sehen. Für mich auch. In Annas Gesicht war nichts zu gross, nichts zu klein und alles genau dort, wo es hingehörte. Und sie konnte schauen! Wie Mutter, wenn sie tatenlos zum Fenster hinausblickte, als suche sie etwas, das in ihr drin und dennoch unerreichbar war. Bei Anna hatte es einen Namen: Harry. Ich freute mich auf die seltenen Momente, wenn sich ihr Gesicht aufhellte. Von tief innen fand etwas an die Oberfläche, sie lächelte. Dies waren die lichtesten Momente im ganzen Film. So übel seine Schwarzmarktgeschäfte auch hatten sein mögen, wenn Anna an Harry dachte, leuchtete er aus ihr heraus. Dieses Leuchten war echt, im Gegensatz zum Pass, den Harry ihr besorgt hatte. Obwohl Major Calloway die Qualität der Fälschung hervorhob. Mutters Pass war echt, Vater am Leben, aber Anna leuchtete in zwei Stunden mehr als Mutter in einem ganzen Monat.

Oder liess der Kontrast zu Wiens dunklen Gängen und Ruinen Anna derart leuchten? Fast alles spielte nur noch nachts, als hätten die Schatten ihr Recht eingefordert. Sie schlichen über verlassene Strassen, flossen über zertrümmerte Treppen, wuchsen bedrohlich an Hausfassaden hoch, dass selbst Knaben zu Monstern wurden. Obwohl er nichts verbrochen hatte, musste Holly fliehen. Er konnte seinen Schatten nicht abschütteln, der blieb ihm treu, mal hinten, mal vorne, selten aufrecht, lieber schräg, als wolle er seinen Erzeuger mal mit sich zu Boden reissen, mal eine Mauer hochzerren.

Diese aufdringlichen Schatten beeindruckten die Strassen, die Häuser und ihre Bewohner nicht. Es waren die Bilder, die aus dem Lot fielen. Sie kippten zur Seite, mitsamt den Fassaden, dem Kopfsteinpflaster und den Menschen darauf. Es hätte mich nicht erstaunt, wenn die ganze Stadt aus dem Fernseher gepurzelt wäre, so abschüssig waren diese Bilder. Doch wie durch ein Wunder blieb alles an seinem Ort. Nichts und niemanden schien die Schräglage zu stören, alle bewegten sich, als wäre alles in bester Ordnung in dieser so offensichtlich aus dem Gleichgewicht geratenen Stadt.

Gegenüber von Annas Wohnung, in einem barocken Hauseingang mit furchterregender Schlagseite, schmiegte sich eine Katze an die eleganten Schuhe eines Mannes. Der Rest seines Körpers verlor sich in der Dunkelheit. Ich wusste trotzdem, wer er war. Ich kannte die Katze. Sie gehörte Anna, doch sie mochte nur Harry. Es waren die polierten Schuhe eines Toten, die da auf der steinernen Schwelle standen. Auch er schien der Schräglage problemlos zu trotzen, seine Katze leckte ihre rechte Vorderpfote. Holly verliess Annas Wohnung, die Katze miaute. Lautstark forderte Holly den Mann auf, aus dem Schatten zu treten. Doch Harry bevorzugte die Dunkelheit. Bis eine Frau im gegenüberliegenden Haus genug hatte von Hollys Geschrei. Sie zündete das Licht an, Harrys Gesicht leuchtete auf. Etwas zur Seite geneigt lächelte es Holly zaghaft zu, als fürchtete es, ihn zu überfordern.

Wir waren trotzdem überfordert. Holly hatte einen tot geglaubten alten Freund gefunden, ich einen neuen. Dass das der berühmte Orson Welles war, wusste ich nicht. Aber ich wusste, dass ich dieses Gesicht so oft wie möglich wiedersehen wollte. Denn die Frau am Fenster hatte es bereits ausgeknipst. Holly eilte über die Strasse, der dunkle Eingang war leer. Mit hallenden Schritten huschte ein Schatten über eine Hauswand davon, Holly rannte ihm nach. Auf einem grossen Platz blieb Holly stehen. Bis auf die Litfasssäule in seiner Mitte war der Platz leer. Harry Lime hatte sich in Luft aufgelöst.

Ich blickte auf. Mein Herz stand still, die Tür offen, eine dunkle Gestalt darin. Ich kannte den Mann, doch ich konnte ihn einen Moment lang nicht erkennen, ich hatte einen anderen erwartet. Ich war mir sicher, dass Harry Lime nur deshalb von der Bildfläche verschwunden war, um in unserem Wohnzimmer wieder aufzutauchen. Nun stand Vater im Türrahmen, ein Harry-Lime-Lächeln auf den Lippen. Mit wackligem Schritt trat er ins Wohnzimmer, etwa so, wie Holly eben Annas Wohnung verlassen hatte. Seine Augen zielten auf den Ohrensessel, doch seine Beine führten ihn in Richtung Stubenmitte. Ein Schlenker mit dem linken Arm half ihm auf den rechten Kurs zurück. Vater liess sich in den Sessel fallen und grinste Major Calloway zu. Das sei der deutsche Schnaps gewesen, behauptete dieser. Er stand neben Holly und schaute über den leeren Platz. Wie sonst sollte ein Toter eine Strasse entlangrennen und dann spurlos vom Erdboden verschluckt werden?

Indem er dorthin ging, wo er herkam: unter die Erde. Die Litfasssäule in der Mitte des Platzes war der Eingang in die Wiener Unterwelt. Major Calloway und Holly stiegen die enge Wendeltreppe hinab, mir ging ein Licht auf. In diese düsteren Kanäle, in die Kloake Wiens zog es diese dunklen und schiefen Bilder also. Was wollten sie hier unten? Weshalb standen sie nun wieder gerade? Waren sie dort angekommen, wo sie hingehörten? Aber wer wollte schon freiwillig hier unten sein, wo der Abfall der Menschen durchfloss? Jetzt sah ich ein, weshalb die Bewohner Wiens sich gegen die prekäre Schräglage ihrer Stadt stemmten. Sie wollten auf keinen Fall in den Untergrund abrutschen. Harry hingegen wusste dessen Vorteile zu nutzen.

War Vater nicht auch eben aus dem Untergrund hochgekommen? Gab es in unserem Keller eine Luke, unter dem Kies versteckt, die mir entgangen war? Hatte der Müllschacht in unserem Hochhaus etwa auch eine Abzweigung direkt unter die Stadt gehabt? Ich verstand weder etwas von Müllabfuhr noch von Kanalisation, doch ich war mir sicher, dass Vater etwas mit dieser Unterwelt zu tun hatte. Genauso sicher, wie Harry Lime nicht tot war. In seinem Grab auf dem Wiener Zentralfriedhof lag ein anderer. Hatte Vater den Müllschacht unseres Hochhauses genutzt wie Harry Lime die Wiener Kanalisation als Fluchtweg in ein anderes Leben? Weshalb und wovor musste Vater fliehen? Mutters Pass war doch echt. War er in dunkle Geschäfte verwickelt?

Plötzlich hatte alles, was sich in der Wiener Kanalisation abspielte, mit meiner Familie zu tun. Die breiten Wasserfälle. Die langen, feuchten Gänge. Die Stimmen, die Harry nachhallten. Über Wendeltreppen und durch enge Luken drangen Männer in weissen Overalls in Harrys Reich. Er konnte nirgends mehr auftauchen. Untertauchen konnte er auch nicht, er war schon ganz unten. Die weissen Männer lauerten hinter jeder Ecke, seilten sich über Wasserfälle ab, wateten durch Ströme. Harry hatte keine Chance mehr. Er stand in einer steinernen Halle, aus einem Dutzend Pforten verschiedener Grösse und Form flossen ihm Rinnsale entgegen. Sie kamen aus derselben Dunkelheit wie die Rufe der Verfolger, die von den nassen Wänden zurückschlugen. Harry wusste nicht mehr, wohin. Jeder Weg schien ins Nichts zu führen.

Angeschossen kroch Harry eine metallene Wendeltreppe hoch, seine zitternden Finger strebten einem Gitter entgegen. Blätter wirbelten über die nass glänzende Strasse, Harrys Finger sprossen durch den Rost, der die Stadt vor dem Untergrund schützte. Wie Fühler langten sie in die Nacht, krümmten und streckten sich wieder. Harry blickte zu seinen Händen hoch. Weshalb machten sie keine Anstalten, das Gitter zu heben, um ihn aus dieser Unterwelt zu befreien? Die Finger erschlafften, als hätten sie gefühlt, dass sie da draussen nicht überleben könnten. Harry nickte, diese Einsicht machte ihn traurig. Neben ihm stand Holly, eine Pistole in der Hand. Sie schauten sich an. Holly hatte Harry verraten. Er hatte zu viel über ihn herausgefunden, damit konnte er nicht umgehen. Er hatte versucht, die schlechten Taten seines alten Freundes mit den guten Erinnerungen aufzuwiegen. Nun lag das ganze Gewicht auf Holly. Sollte er das Gitter heben oder auf Major Calloway warten? Oder sollte er Harrys flehendem Blick nachgeben? Bat ihn sein Freund um Vergebung oder um Freiheit?

Ein Schuss, und wir waren auf dem Wiener Zentralfriedhof, wo Harry zum zweiten Mal beerdigt wurde. Es war alles wie am Anfang und doch ganz anders. Diesmal nahm Anna das Schäufelchen und warf Erde ins Grab. Dann drehte sie sich ab und ging. Holly setzte sich in Major Calloways Jeep. Sie fuhren eine Allee entlang, überholten Anna. Holly blickte zurück. Er solle ihn aussteigen lassen, bat er Calloway.

Nun war alles wieder im Lot. Links und rechts strebten kahle Bäume in den weissen Horizont, Anna schritt aus der Strassenmitte auf mich zu. Nur Holly, der sich am linken Strassenrand an einen alten Karren lehnte, störte die Symmetrie. Dieser Makel schien jedoch nur für den Zuschauer zu existieren. Anna ging an Holly vorbei, als wäre er Luft.

Die Zither spielte ein letztes Mal ihre fröhliche Melodie, ich war traurig. Ich hatte Holly, Harry, Anna und Major Calloway gern bekommen, nun gingen sie weg. Anna spazierte mit dem gewohnten Gleichmut im Gesicht aus dem Bild, Holly zündete sich eine Zigarette an. Ich blickte zu Vater. Er lag wie tot in seinem Stuhl, das Kinn auf der Brust, das leere Glas hing lose in seiner rechten Hand. So hatte ich ihn noch nie gesehen. Ich sprang auf, ich hatte Angst. Würde er nun alle Farbe verlieren und im Schwarzweiss des Films aufgehen? Ich schaute auf Vaters Bauch, das Hemd dehnte und entspannte sich wieder. Vater blieb farbig.

Erleichtert setzte ich mich neben ihn hin, der Abspann lief. Mein erster Spätfilm hatte mir die Augen geöffnet. Nicht nur für Orson Welles, Joseph Cotten, Alida Valli und Trevor Howard. Auch für die geheimnisvollen Gänge, die unsere Familie unterhöhlten. Die Müllschachtluke war nur eine Hintertür gewesen, eine Einstiegshilfe für Anfänger wie mich. Der Haupteingang zu Vater stand im Wohnzimmer. Weshalb sonst war das Fernsehprogramm perfekt auf unsere Heimkehr ausgerichtet? Es konnte kein Zufall sein, dass ausgerechnet dieser Film nach unserem Familienfest lief. Der Müllschacht unseres Hochhauses und die Wiener Kanalisation gehörten zum selben Höhlensystem, das auch Vater mit Mutter verband. Und mit Harry Lime.

Ich hatte tausend Fragen, aber Vater hatte sich seinen Schlaf verdient. Ich liess ihn in seinem Sessel sitzen und schlich in den ersten Stock. Immer zwei Stufen aufs Mal, kein Knarren sollte Vater stören. Im Badezimmerspiegel suchte ich nach Spuren von Orson Welles. Doch dieses bleiche Gesichtlein gab nichts her, weder Falten noch Stoppeln. Wenigstens wusste ich nun, was die Zukunft bringen sollte.

Mit Grossmutters achtzigstem Geburtstag hatte eine neue Ära begonnen. Zumindest, was den späten Samstagabend betraf. Den hatten Vater und ich uns erobert. Es war schon etwas unheimlich, wie Kathrin und Mutter nach der Quizsendung oder dem Familienspielfilm das Wohnzimmer räumten, als hätte es nie ein Spätfilmverbot gegeben. Dann war Vater zwei Stunden lang für mich alleine da, stets sekundiert von einer frischen Flasche.

Angesichts der grossen Klassiker lernten wir uns kennen. Wir mussten nicht viel sagen. Ein bestätigender Blick, wenn John Wayne schneller zog als sein Widersacher in Schwarz. Ein zufriedenes Lächeln, wenn James Stewart etwas kurz und bündig auf den Punkt brachte. In den Spätfilmen fanden wir uns wortlos wieder. Nach zwei Stunden nickten wir uns zu. Vaters Kopf schlingerte, etwa so wie sein Gang zur Tür. Die Treppe nahm er manchmal auf allen vieren, eine lustige Tradition, die eines Abends nach *Liebling, ich werde jünger* begann. Darin verhielt sich Cary Grant wie ein Primarschüler, nachdem er ein Verjüngungsmittel an sich ausprobiert hatte. Vater probierte die Filme an sich aus. Dabei bewies er ein feines Gespür für die passenden Rollen.

Er liebte Figuren, die mit ihrem Gleichgewicht kämpften. Zum ersten Mal fiel mir dies in *Rio Bravo* auf, als Dean Martin alias Dude in einen Saloon wankte. Offensichtlich sehr durstig wollte er eine Münze aus einem Spucknapf klauben, die ein Bösewicht in einem Fellgilet hineingeworfen hatte. Doch John Wayne alias James T. Chance kickte den Spucknapf weg. Der durstige Dude blickte an James hoch, sah einen Sheriffstern an seinem Hemd und ein Gewehr in seiner Hand. Vater lächelte vergnügt. Sheriff James wandte sich dem Bösewicht im Fellgilet zu, Dude griff nach einem Holzstück und zog es James von hinten über den Schädel. Der Sheriff ging zu Boden, Vater amüsierte sich prächtig. Gemeinsam mit dem Bösewicht, der Dude eine Faust in den Bauch rammte. Auch das fand Vater komisch. Bis der Bösewicht einem Mann, der Dude helfen wollte, eine Kugel verpasste. Hier hörte der Spass auch für Vater auf. Aber der Bösewicht verliess den Saloon unbehelligt – Sheriff James lag bewusstlos am Boden – und machte sich auf ins nächste Lokal. Er hatte gerade einen weiteren Whiskey bestellt, da taumelte Sheriff James herein. Er sei verhaftet, erklärte James dem Bösewicht. Doch dieser hatte auch in diesem Lokal seine Freunde, denen jeweils ein Revolver an der Hüfte hing. Es sah schlecht aus für den Sheriff. Da tauchte Dude in der Saloontür auf, schnappte sich einen Revolver von einer fremden Hüfte und schoss James frei.

Das hatte ich dem durstigen Dude nicht zugetraut. Vater schon. Er hatte sich etwas von seinem Sessel erhoben, gerade weit genug, um Dudes Schusshaltung imitieren zu können. Jetzt fehlt ihm nur noch der Revolver, dachte ich. Vater steckte seine imaginäre Waffe ein, griff nach der leeren Flasche und verliess das Wohnzimmer. Sheriff James und der durstige Dude verliessen den Saloon, statt einer leeren Flasche führten sie den Bösewicht ab.

Obwohl Dude auch gerne Flaschen leerte. Man nannte ihn nicht umsonst Borrachón, was Spanisch war und Säufer bedeutete. Früher war er James' Hilfssheriff gewesen, dann hatte ihn eine Frau um den Verstand gebracht. Seither soff er. Das vertrug sich schlecht mit der Schiesserei, die eine ruhige Hand verlangte. Deshalb nahm ihn auch keiner mehr ernst. Ausser Sheriff James, der ihm ab und zu ein Bier offerierte, damit Dude nicht ganz verzitterte.

Da ging es Vater bedeutend besser. Er brauchte sich nie um den Bier- und Weinnachschub zu sorgen, den übernahm Mutter. Und er musste nicht schiessen in seinem Job. Hinter Panzerglas schien das leichte Zittern in seinen Händen nicht zu stören. Deshalb würde es bei Vater hoffentlich auch nicht so weit kommen, dass er berufshalber das Trinken aufgeben müsste. Denn mit ein paar Flaschen Wein in den Adern ging es ihm einfach besser. Das sah ich nun deutlich, wo ich jeden Samstag so nahe bei ihm sitzen und erleben durfte, wie er mit jedem Glas zufriedener wurde. Nicht wie Dude, der sich für jeden Schluck schämen musste. Vater konnte seinen Wein ohne Reue geniessen.

Was an sich schon eine Heldentat war. Ich hatte hin und wieder einen Schluck probiert, aber das schmeckte mir zu sauer und zu bitter. Dafür war es wohl noch zu früh. Wenigstens durfte ich Vaters Fortschritte hautnah miterleben. Für Rollen wie jene von Dude war er wie geschaffen. Was er allerdings noch brauchte, war ein Revolver zum Üben. Dann würde ich mit dem Gewehr, das ich zu Ostern bekommen hatte, John Wayne geben und wir könnten zusammen proben.

Vater und ich ergänzten uns prächtig. Er liebte Charaktere mit prekärem Gleichgewicht, ich hatte es mit den standfesten Helden à la John Wayne. Beim Zähneputzen suchte ich ihre Züge im Badezimmerspiegel, doch sie verblassten mit jeder Grimasse mehr, als scheuten sie mein Gesicht. Oder war es das Neonlicht, das sie vertrieb? Wenn ich auf dem Rücken im Dunkeln lag, schimmerten meine Helden an der Zimmerdecke wieder auf. Ganz ungezwungen gaben sie sich dann, als wären sie über meinem Kopf zu Hause. Ich schlief nie besser als in ihrer Gesellschaft. Und nie betete ich mein Vaterunser inniger. Dieser viel beschworene Himmel hatte endlich Gesichter erhalten.

Die Stars an meiner Decke wurden mit jedem Samstag zahlreicher, aber Vater wollte sich einfach nicht unter sie mischen. Da half alles Beten nichts. Das lag wohl daran, dass ich Vater noch nie in einem Film gesehen hatte. Der Weg an meine Decke führte über den Fernsehschirm, der Weg auf den Fernsehschirm über die Leinwand – wenigstens für einen echten Star. Vater hatte das Zeug dazu. Er würde es leichter auf die Leinwand schaffen als ich in einen Kinosessel. Ich war zehn. Mit Ausnahme der Kindervorstellung gab es für mich nichts zu sehen, in einem Disneyfilm würde Vater aber kaum mitspielen. Ich sah dennoch eine Chance. Bald würde ich elf sein. Und im Unterschied zum Herrn liess sich Mutter mit beharrlichem Betteln erweichen.

Ein halbes Jahr später, an einem windigen Samstagmorgen im November, deutete einiges darauf hin, dass ich kurz vor dem Ziel stand. Als ich um halb zwölf von der Schule nach Hause kam, sass Vater bereits angezogen in seinem Ohrensessel und las die Zeitung. Ich blickte zu Mutter hoch, sie nickte und schob mich in Vaters Richtung. Nun stand ich hinter der papiernen Wand, die Vater vor sich hin hielt. Wie sollte ich da ohne Passwort durchkommen? Erst jetzt sah ich die Kinoannoncen direkt vor meiner Nase. Das konnte kein Zufall sein, Vater hatte einmal mehr alles geplant. Erleichtert klopfte ich an der Zeitung an.

Vater liess das Blatt sinken, seine Augen lasen in meinem Gesicht weiter. Es musste um sehr ernste Dinge gehen. Ich schämte mich. Wie nichtig mein Wunsch doch war im Vergleich zu den internationalen Krisen, mit denen sich Vater beschäftigte! Da regte sich etwas um seine Augen herum, als hätte er umgeblättert und sähe die drei Bildchen des Cartoons in mein Gesicht gezeichnet, die jeden Tag die letzte Seite seiner Zeitung zierten. Er lächelte, ich lächelte zurück. «Kommst du mit mir ins Kino?», fragte ich. Vater schaute zu Mutter hoch, sie nickte.

Die Wahl des Films überliess er mir. Zweifellos, um zu testen, wie viel ich schon verstand von seinem Metier. Diese Prüfung kam früh. Ich las zwar regelmässig das Fernsehprogramm und die Kinoseite. Angesichts dieser schwierigen Aufgabe musste ich aber einsehen, wie wenig mir dieses angelesene Wissen half. Die meisten Filmtitel blieben Lautmalereien, Englisch stand erst in zwei Jahren auf dem Stundenplan. Glücklicherweise hatte ich Jean-Paul Belmondo am vergangenen Sonntag mit einem Florett hantieren sehen, in *Le Professionnel* spielte er schon seit Wochen in unseren Kinos. Das schien mir ein sicherer Wert zu sein. Ein französischsprachiger Film mit dem vielversprechenden Titel *Der Lehrer* passte perfekt zu meinen ersten Französischlektionen. Zudem hing das Filmplakat in meinem Zimmer. Das überzeugte auch Vater.

Umso empörter war ich, als die Frau an der Kinokasse ihn mit einem strengen Blick fragte, ob ich schon vierzehn sei. Deshalb begleite er mich, antwortete Vater gelassen. Sein unwiderstehliches Lächeln, das auf Mutter in letzter Zeit wenig wirkte, gab der Dame den Rest. Ich war stolz auf meinen Vater, der uns so mühelos Zugang zu den roten Plüschsesseln verschafft hatte. Ich suchte nach der optimalen Sitzposition, als er mich fragte, was das für ein Film sei.

Auf diese Testfrage war ich nicht vorbereitet. Belmondo, den Französischunterricht und den Lehrer hatte ich bereits ins Feld geführt, um Vater ins Kino zu locken. Ich brauchte neue Argumente. Statt einer guten Idee stieg mir das Blut in den Kopf, wie es das immer tat, wenn mich ein Lehrer aufrief. Antworten schwammen kreuz und quer durch meinen gefluteten Schädel, an Ordnung war nicht mehr zu denken.

Vater musterte mich besorgt. Mein Gesicht hatte vermutlich die Farbe des Plüschsessels angenommen, den ich nun wieder aufgeben müsste, bevor ich ihn richtig angewärmt hatte.

Da begann es wie durch ein Wunder zu dämmern. Die Unterhaltungsmusik brach ab, der Vorhang ging auf. Ein stilles, weisses Versprechen schimmerte verheissungsvoll in den dunklen Zuschauerraum. Ich wäre gerne noch ein paar Stunden in dieser Idylle gesessen, Vater neben mir, die leere Leinwand vor mir, die vollen Filmrollen hinter mir. Im Namen des Vaters, des Sohnes und des Heiligen Geistes. Meine Gebete waren erhört worden.

Nun brachen die Werbefilme über die Leinwand ein, dann die Vorfilme. Hektisch und englisch, die Untertitel immer zu schnell. Ich war dankbar für diesen Stress. Solange Vater beschäftigt war, musste ich seine Frage nicht beantworten. Und wenn der Film beginnen würde, hätte sie sich sowieso erübrigt. Dachte ich.

Bereits im Vorspann stand der seit letztem Sonntag deutlich gealterte Belmondo breitbeinig da, eine grosse Pistole steckte im Bund seiner Jeans. In den französischen Schulen musste es turbulenter zugehen als bei uns, schloss ich. Belmondo zog seinen Revolver und drückte ab. Wen er massregelte, sahen wir nicht. Trotzdem umfassten Vaters Hände seine Knie, als müssten sie sie zusammenhalten. Oder hatte er sich an die Billettverkäuferin erinnert und machte sich Sorgen, was ich jetzt zu sehen bekäme?

Die erste Einstellung nach dem Vorspann hätte ihn beruhigen müssen. Auf einer Tribüne sassen schwarze Kinder und folgten einem Geschehen, das wir nur hören konnten. Eine sonore Männerstimme empörte sich, dass Josselin Beaumont nur deshalb nach Malagawi gekommen sei, um Präsident N'Jala zu ermorden. Nun sahen wir einen voll besetzten Gerichtssaal, Belmondo, der einzige Weisse im Raum, sass auf der Anklagebank. Er machte mir keinen kompetenten Eindruck. Der Richter fragte ihn, ob er diese abscheuliche Tat aus eigenem Antrieb habe ausführen wollen? Belmondo bejahte die Frage. Dann brach er zusammen. Die Polizei hatte ihn unter Drogen gesetzt, damit das Gericht ihn zu langjähriger Zwangsarbeit verurteilen konnte. Ein paar Minuten später steckte ein Pickel im Rücken eines Aufsehers und Belmondo schoss sich den Weg frei. Er gab wohl doch keinen Lehrer. Er hatte lediglich Vorderlader und Florett aus *Cartouche* gegen ein Präzisionsgewehr eingetauscht, das er ebenso oft und gerne benutzte.

Mit jeder weiteren Leiche – in der ersten Viertelstunde waren sie ausnahmslos schwarz – verkrampften sich Vaters Hände mehr. Ich begann mich um seine Kniescheiben zu sorgen, hatte Mutters Gesichtsausdruck vor Augen, wenn Vater mit einbandagierten Knien aus dem Kino nach Hause käme. Wir würden eine Neuauflage von Stan und Olivers Heimkehr aus Honolulu erleben. Ich wäre einmal mehr der Auslöser gewesen – und würde einmal mehr ungeschoren davonkommen. Ich mochte Stans Part nicht, auch wenn er auf mich zugeschnitten schien. So unschuldig Stan auch wirkte, er konnte sehr wohl etwas dafür, wenn Oliver Prügel einsteckte.

Ich musste eingreifen. Doch wie sollte ich, wenn alles entweder vorbestimmt war oder bereits Amok lief? Was immer auf der Leinwand noch passieren würde, war im Projektionsraum bereits auf Zelluloid gebannt. Und über seine Hände hatte Vater offenbar jegliche Kontrolle verloren. Sie entspannten sich auch nicht, als Belmondo im beigen Leinenanzug über einen Pariser Bahnsteig schlenderte. Oder gewaltlos ein Telegramm aufgab. Vater drückte seine Arme durch, als ekelten ihn seine eigenen Finger, die sich streckten und sogleich wieder in den Knien verkrallten. Wenn die Filmleichen und Vaters Hände nichts miteinander zu tun hatten, wo kam dann diese Spannung her?

Die französischen Geheimdienstler standen ebenfalls vor einem Rätsel. Sie hatten ein Telegramm erhalten, das in einem seit Jahren nicht mehr benutzten Geheimcode abgefasst war. Der Computer entschlüsselte die Botschaft: Belmondo war nicht im Arbeitslager, er war zurück. Und er würde seine Mission zu Ende bringen, auch wenn dies keiner mehr wollte. Obwohl ich so gut wie nichts von all dem begriff, das codierte Telegramm war auch bei mir angekommen. Vater war zurück. Diesmal probte er nicht, diesmal würde er dort sein, wo er hingehörte: auf der Leinwand. Vater machte sich keine Sorgen um mich. Er hatte Lampenfieber.

Eifrig suchte ich die Leinwand nach ihm ab, hielt unter allen Frisuren nach seinem Gesicht Ausschau, prüfte jeden noch so unauffälligen Passanten oder Barbesucher. Ohne Erfolg. Vater massierte seine Knie, dass es mir bang wurde um den Stoff seiner Hose. Wir kamen seinem Auftritt also näher. Es war Nacht, Belmondo, noch immer in seinem beigen Leinenanzug, weckte einen Mann, der auf der Strasse schlief. Der Clochard trug einen alten Schlapphut und einen dichten Bart, auch die markante Nase gehörte leider nicht in Vaters Gesicht. Belmondo offerierte ihm, sein Geschäftspartner zu werden.

Die Kleider des Stadtstreichers passten Belmondo, auch mit dessen vier Freunden verstand er sich. Sie hatten Weinflaschen in den Händen und kämpften mit ihrem Gleichgewicht. Einer von denen musste Vater sein! Er war die Idealbesetzung für die Rolle, er hatte sie sich mit all den Proben wirklich verdient! Doch die Clochards waren entweder zu weit weg oder zu kurz im Bild, als dass ich Vater eindeutig hätte ausmachen können. Die Rauferei, die sie sich unter Belmondos Anleitung vor dem überwachten Haus seiner Frau lieferten, machte Vaters Identifikation nicht einfacher. Dann stiegen Agenten aus einem Auto und vertrieben die

Penner. Belmondo aber gelangte unerkannt ins Haus. Kaum hielt er seine Frau in den Armen, flüsterte mir Vater ins Ohr, dass er gleich wiederkomme.

Konnte das Zufall sein? War das eben seine Szene gewesen, und nun gönnte er sich eine Pause? Vater stand auf und kämpfte sich durch unsere Sitzreihe. Die Nachbarn kamen hoch und senkten sich wieder, wie die Zylinder von Herrn Giovanninis Motoren. Ein Fluchen am Ende der Reihe deutete auf eine Fehlzündung hin. Als hätte er ein dringendes Geschäft zu erledigen, eilte Vater den Mittelgang entlang Richtung Ausgang. Seine Knie schienen intakt zu sein.

In der Pause war Vater noch nicht zurück. Hatte ich mir seinen Auftritt als Clochard nur eingebildet? Sass er mit kaputten Knien auf der Toilette fest? Ich wollte ihm zu Hilfe eilen, doch was, wenn alles in Ordnung wäre und Vater in den Kinosaal zurückkäme, während ich ihn auf der Toilette suchte? Würde er sich dann nicht um mich sorgen und am Ende glauben, sein Auftritt habe mir nicht gefallen? Mein Dilemma verschärfte sich von Sekunde zu Sekunde, im Kinosaal dämmerte es. Doch je dunkler es wurde, desto zuversichtlicher wurde ich, und wie der Vorhang sich öffnete, lösten sich meine letzten Zweifel im Weiss der Leinwand auf.

Die endgültige Erlösung folgte fünf Minuten vor Schluss des Films. Das Fluchen vom Ende meiner Sitzreihe kündigte Vaters Rückkehr an. Die Zylinder kamen nun nur noch widerwillig hoch, manche blieben unten, sie schimpften lieber. Das schien Vater egal zu sein. Er liess sich neben mir in den Sessel sinken und roch so authentisch nach seiner Rolle, dass ich selig die Augen schloss und tief einatmete. Als ich die Augen wieder öffnete, blickten ein paar Zuschauer in unserer Reihe Vater noch immer nach. Ich konnte sie verstehen. Wann hatte man schon einen Darsteller leibhaftig im Kinosaal, und dann noch in der eigenen Reihe?

Das Licht ging an, Vater schälte sich aus dem Sessel, in den er sich eben gesetzt hatte, hangelte sich den Rückenlehnen entlang. Ich blieb ihm auf den Fersen, torkelte mit ihm durch den Mittelgang, er war ein Profi. Der Titel des Films hätte es mir angekündigt, wäre mein Französisch verlässlicher gewesen. Doch das war jetzt Nebensache. Vater war auf der Leinwand angekommen, ich hatte endlich einen Vertreter an meiner Zimmerdecke.

Ich brauchte Vaters Namen auf dem Filmplakat vor dem Kino nicht zu suchen, der Darsteller des Clochards ging leibhaftig neben mir. Gab es eine schönere Bestätigung? Ich griff nach seiner Hand, ich wollte mein Glück fassen. Es fühlte sich warm und trocken an. Gehetzte Wochenendeinkäufer drängten an uns vorbei. Sie hatten weder Augen für das Abendrot noch Nasen für den Duft der gebratenen Kastanien, so verbissen arbeiteten sie ihre Einkaufslisten ab. Umso deutlicher spürte ich diese Schwerelosigkeit, die ich höchstens unter Engeln vermutet hätte – oder auf der Leinwand.

Gab es da überhaupt einen Unterschied? Weshalb sollte ich nach oben schauen, die Leinwand war näher. Sie war auf Augenhöhe. Und sie war erreichbar, wie mir Vater eben bewiesen hatte. Auch den Übergang zurück ins Leben meisterte er perfekt. Jede seiner Gesten ging in der nächsten auf, als wären sie Teil einer einstudierten Choreografie. Nun stimmte einfach alles mit ihm. Alleine an seinem Fahrstil hätte ich blind erfühlen können, dass er in seinem Element war. Alles ging wie von selbst. Die Gänge flossen ineinander und rupften nicht mehr an meinen Magenwänden wie auf der Hinfahrt. Die Kurven waren aus einem Guss, die Bremsen schien Vater nicht mehr zu brauchen. Ich wusste nicht, was oder wer ihn hätte stoppen können. Ausser Mutter.

Vielleicht nahm er deshalb den Eingang durch unser Gärtchen direkt in den Keller. Ich wäre gerne mit ihm durch den

Vordereingang gegangen, Hand in Hand durch das Blitz-
lichtgewitter, einen samtenen, roten Teppich unter den Füssen. Aber Vater blieb bescheiden, selbst wenn er in einer
solch beneidenswerten Form war. Wir tappten im Gänse-
marsch durch unser Gärtchen, von Steinplatte zu Steinplatte, damit wir uns nicht noch auf den letzten Metern die
Schuhe beschmutzten. Dann stiegen wir die steile Treppe in
Vaters Reich hinab.

Vater liess sich in den alten Bürostuhl fallen, rollte über
den Steinboden, bis er an der Werkbank anstiess. Er be-
trachtete die bunten Plastikgriffe seiner Schraubenzieher.
Wie feiste Blumen wuchsen sie aus einem Holzbrett, ihre
stählernen Wurzeln strebten in Richtung Kellerboden.
Wollte Vater mit mir basteln? In diesem Moment hätte
ich ihm selbst das zugetraut. Vaters Blick wanderte die
Wand entlang hoch zu einem Schränkchen, das seit ein paar
Monaten oberhalb der Nagelschuhe und des Porträts der
Hasenburg hing.

Dies war das letzte Werk des einst beflissenen Bastlers, es
hatte für einigen Gesprächsstoff gesorgt. Nicht nur der be-
trächtlichen Höhe wegen, in der er es montiert hatte – selbst
Vater musste sich strecken, um es öffnen zu können. Vor
allem das Schloss im Schiebetürchen hatte Mutters Argwohn geweckt. Vaters Begründung leuchtete mir ein. Er
wollte seine Kinder vor den gefährlichen Maschinen schützen. Mit einem Messer, einem Stabmixer oder einer Teig-
maschine könne man sich ebenfalls verletzen und sie
schliesse die Küchenschubladen deshalb nicht ab, entgeg-
nete Mutter. Ob er sie für blöd verkaufen wolle? Sie wisse
genau, was er dort unten verstecke!

An jenem Nachmittag, als Vater auf der Leinwand er-
schienen war, wusste es auch ich. Das Kästchen war prall
gefüllt mit Drehbüchern, die er angeboten bekam. Deshalb
tauchte er in letzter Zeit noch gelöster aus dem Keller auf als

früher. Hier bereitete er sich auf seine Rollen vor. Vaters Augen leuchteten in Richtung des Kästchens, er griff in seinen Hosensack, der Schlüsselbund klimperte. Keine Sekunde länger wollte ich ihn stören. Ich stieg die Treppe ins Parterre hoch und öffnete die Tür in eine andere Welt.

Der Duft von frisch gebackenem Kuchen lag in der Luft, aus dem Wohnzimmer drang Bob Dylans Stimme. Röbi war zu Besuch, einer von Kathrins eifrigsten Verehrern. Und der Einzige aus dieser Schar, der mit meinen Filmplakaten etwas anfangen konnte. Wenigstens behauptete er das. Als ich erzählte, dass ich *Le Professionnel* mit Belmondo gesehen hätte, schaute mich Röbi bloss an. Das machte er immer, vermutlich, um mich zu verunsichern. Ich begann, die Pickel in seinem Gesicht zu zählen, Kathrins Finger verschwand in ihrem linken Nasenloch. Ob der nicht ab vierzehn sei, fragte Röbi, ich war beim siebzehnten Pickel. Mit dieser Frage wollte er auf den paar Jährchen herumreiten, die uns trennten. Wohl in der Hoffnung, seinen einjährigen Rückstand auf meine Schwester kleiner erscheinen zu lassen. Doch Kathrin interessierte sich ausschliesslich für ihren Zeigefinger, an dem eine gelbliche Masse klebte. Ich erinnerte mich an den Teig, den Mutter in der Küche verarbeitet hatte, und wollte nach Resten Ausschau halten gehen. Da stand sie schon im Türrahmen des Wohnzimmers, eine Schürze um den Bauch gebunden, die Teigschüssel in der Hand. Sie wiederholte Röbis Frage, ob der Film nicht ab vierzehn sei, so langsam und deutlich, dass sich eine Antwort erübrigte.

Das Blut schoss nicht nur mir in den Kopf. Röbi sah seinen Verrat ein und solidarisierte sich wenigstens farblich mit mir. Das Rot stand seinen Pickeln nicht schlecht. Mutter ging auf die Kellertür zu, ich schaute der Teigschüssel nach, Kathrin steckte sich den Zeigefinger in den Mund. Bob Dylan spielte ein paar Takte auf der Mundharmonika, dann machte er Pause. Gerade rechtzeitig, um den Aufschlag der Teigschüssel auf dem Kellerboden voll zur Geltung kommen zu lassen. Auch für ein paar energische Schritte auf der Kellertreppe reichte es noch, dann legte Bob wieder los. Röbi starrte auf den Wohnzimmerboden, als könne er direkt in den Keller sehen. Dabei war Mutter wieder im Parterre und knallte die Küchentür hinter sich zu, dass selbst Bob Dylan für einen Moment aus dem Takt kam. Mit einem Krächzen fand die Nadel in ihre Rille zurück. Röbi starrte zum Plattenspieler, es gefiel ihm gar nicht, was er da eben gehört hatte. Kathrin bohrte nach Nachschub.

Da war sie wieder, unsere klassische Laurel-und-Hardy-Situation. Weil ich unbedingt ins Kino hatte gehen wollen, hatte Vater nun Ärger. Was man ihm allerdings nicht ansah, als er mit einer Flasche Rotwein in der Hand ins Wohnzimmer trat. Die Wanduhr zeigte halb sechs, er hatte ein paar Stunden Vorsprung. Röbi schien von Vaters Auftritt überrascht, insbesondere die Flasche beschäftigte ihn. Kathrins Finger blieb im Nasenloch stecken, auch der Rest meiner Schwester wirkte wie gelähmt. Vater war noch ganz in seiner Leinwandrolle. Alles an ihm wankte, seine Knie, sein Oberkörper, selbst seine Augen rollten zwischen uns hin und her, als wollten sie die Bewegungen seines Körpers kompensieren. Sie fanden keinen Halt, weder an uns noch am Ohrensessel. Vater tappte rückwärts, der Türpfosten stoppte ihn. Vater hielt inne, er atmete schwer. Dann stiess er sich vom Türpfosten ab und nahm die Treppe in den ersten Stock in Angriff.

Das war neu. Kathrin befreite ihr Nasenloch und stand auf, um Mutter das ungewöhnliche Ereignis zu rapportieren. Nun sassen Röbi und ich alleine im Wohnzimmer. Er wusste nicht, wo er hinschauen sollte. Ob der Film gut gewesen sei, fragte er schliesslich, seine Augen spähten durch die offene Wohnzimmertür Richtung Küche. Ich konnte Fragen, die keine Antwort wollten, nicht ausstehen. Schon gar nicht, wenn sie derart wichtig waren. Schliesslich war heute etwas Grosses passiert, das war selten genug in meiner Familie.

«Ja», antwortete ich. «Und Vater spielte mit.»

Ein Erdbeben erschütterte unser Häuschen, die Nadel sprang, selbst Bob Dylan konnte seinen Schreck nicht verbergen. Röbi schaute mich an, als hätte meine Antwort dieses Naturereignis ausgelöst. Das Epizentrum lag im ersten Stock, im Schlafzimmer der Eltern. Unter normalen Umständen hätte ich diesen Triumph über einen Fünfzehnjährigen ausgekostet. Doch ich ahnte, dass sich da über mir schon wieder Grosses ereignete.

Ich war der Erste, der das Schlafzimmer betrat. Das Bett war leer, Vater verschwunden. Ich dachte an *Raumschiff Enterprise,* Dematerialisierungen und ähnliche Techniken. Die Weinflasche auf Vaters Nachttischchen war umgekippt und tropfte in den Gang zwischen Vaters und Mutters Bett. Dort lag einer, bis zur Brust mit Blut bedeckt. Es frass sich bauchwärts durch das gerippte, weisse Unterhemd. Wie das Feuer im Vorspann von *Bonanza,* das sich in Virginia City entzündete und von dort aus in Windeseile die Landkarte wegbrannte, um den berittenen Helden dahinter Platz zu machen. Doch dieses Blut machte keinen Platz, es verdeckte den Helden, dessen Identität ich nur vermuten konnte.

Mutter schien es ähnlich zu gehen. Sie schaute auf den Körper hinab, als kämpfe sie mit einer Gedächtnislücke. Auch Dr. Holzer zögerte einen Moment, der Anblick dieses mittlerweile bis zur Unterhose eingefärbten Leibs überraschte. Mutter schickte mich auf die Strasse, ich solle nach dem Sanitätswagen Ausschau halten. Machte sie sich Sorgen um den Körper, der sein Innerstes nach aussen kehrte, oder schämte sie sich vor den Nachbarn?

Oder vor Röbi, der bleich im Wohnzimmer sass, während die Sanitäter Vater die enge Treppe herabbugsierten? Bob

Dylan hatte wieder von vorne begonnen, ich wartete neben der Wohnzimmertür, hier mussten die beiden Sanitäter vorbei. Der vordere stiess mich beinahe um, dafür konnte ich Vater identifizieren. Ein glasiges Auge, das orientierungslos zur Decke blickte, genügte mir. Ich zwinkerte dem hinteren Sanitäter zu, ich hatte begriffen. Vater machte sich auf zu neuen Abenteuern.

Nun hatte er es tatsächlich geschafft, liegend in die nächste Probe getragen zu werden! Vater hatte unglaubliches Talent. Dass Röbi auf das Schauspiel hereingefallen war, erstaunte mich nicht. Mutter und Kathrin hätte ich mehr zugetraut. Vater war einfach zu gut! Die Nebenrolle in *Le Professionnel* konnte nur der Anfang gewesen sein. Er stand vor einer grossen Karriere.

Vater lag mit rasiertem Kopf und einem grossen Pflaster hinter dem linken Ohr im Spitalbett und prüfte das Magazin seines Revolvers. Es war leider bloss einer mit kurzem Lauf, für den Westernrevolver von John Wayne hatte mein Taschengeld nicht gereicht. Aber wir waren ohnehin in einem andern Film. Denn Vaters Chirurg sah aus wie James Mason.

Noch am letzten Samstag, wenige Stunden nach Vaters Abgang, hatte er in Hitchcocks *Der unsichtbare Dritte* Cary Grant das Leben schwergemacht. Er war elegant gekleidet gewesen, charmant und zuvorkommend, ein übler Schurke. Was er auf dem Kerbholz hatte, war mir entgangen. Es genügte, dass er Cary Grant mit Whiskey hatte abfüllen und in ein Auto setzen lassen. Glücklicherweise entpuppte sich Cary als Kurvenspezialist. Von da an traute ich James Mason nicht mehr über den Weg. Er löste das Pflaster hinter Vaters Ohr. Seine Hände waren gebräunt, die Handrücken haarig. Nun verschränkte er seine Arme vor der vermutlich ebenso haarigen Brust und begann sich leise mit zwei Männern in Weiss zu unterhalten. Sie würdigten weder Mutter noch mich eines Blicks, ab und zu verirrte sich einer in Richtung von Vaters Ohr. Mutter schöpfte keinen Verdacht. Sie stand neben dem Bett und schaute auf den Boden, als warte sie auf einen Bus.

Hätte sie den Spätfilm vom letzten Samstag gesehen, hätte sie gewusst, dass das alles gespielt war. In *Der unsichtbare Dritte* entführte James Mason Cary Grant in die Villa eines Botschafters einer internationalen Organisation. Als Cary am Tag darauf seine Mutter und die Polizei zum Ort seiner Entführung brachte, konnte sich dort niemand an einen derartigen Vorfall erinnern. Der Botschafter selbst weilte seit Wochen an einer Konferenz. Nun mimte Mason einen Arzt, Vater einen Patienten. Morgen wäre keiner dieser Ärzte mehr hier und niemand hätte je hinter Vaters Ohr geschaut. War dort überhaupt eine Narbe zu sehen? War das Blut auf dem Schlafzimmerteppich eine Mischung aus roter Farbe und Wein gewesen? War es ein Zufall, dass Vaters vermeintlicher Chirurg wie James Mason aussah? Und dass Vater am selben Samstag ins Krankenhaus eingeliefert worden war, als ich ihn erstmals auf der Leinwand gesehen hatte? Ich glaubte weder an einen Zufall noch an einen Unfall. Das waren einstudierte und perfekt gespielte Szenen, Vater war Mitglied eines hochkarätigen Ensembles.

Aber weshalb der ganze Aufwand? Wem galt diese Inszenierung? Kameras sah ich keine. Auch Vaters Zimmergenosse zeigte kein Interesse, er hatte einen Kopfhörer auf den Ohren und schaute fern. Ich blickte zu Mutter, ihr Bus war angekommen. Sie ging um das Bett herum, der Kreis der Ärzte öffnete sich und nahm sie auf. Vater zwinkerte mir zu.

Diese Vorstellung war für Mutter!

Ich zwinkerte zurück, so diskret ich konnte. Ich wollte die Szene auf keinen Fall stören. Sie wurde perfekter, je länger ich zuschaute. Und Vaters Ensemble wurde immer grösser, je länger ich über diese Inszenierung nachdachte. Dr. Holzer musste genauso dazugehören wie die Sanitäter, die Vater abgeholt hatten. Das Publikum wuchs eben auch.

Die meisten, die mit Vaters Können konfrontiert wurden, liessen sich in Bann ziehen. Wenn Vater horizontal aus dem Haus kam, standen die Nachbarn an den Fenstern, manche hinter, manche neben den Vorhängen. Andere leerten den Briefkasten, samstags um halb sieben. Vater war eine Sensation. Mutter konnte mit dieser Aufmerksamkeit schlecht umgehen. Sie verstand Vaters Ambitionen nicht. Kathrin hatte ebenfalls keinen Sinn für sein Talent. Das änderte sich auch nicht, als Vaters Publikum die Grenzen von Familie und Verwandtschaft überschritt. Da konnte Röbi die Augen noch so weit aufreissen, Kathrin interessierte nur der drehende Plattenteller. Dabei hatte sie Bob Dylan nie gemocht.

Mutter und Kathrin hätten sich an den Leuten in unserer Nachbarschaft ein Beispiel nehmen können. Die würden Vater selbst mit kahlem Schädel und einem grossen Pflaster hinter dem Ohr grüssen, als hätte er nie eine andere Rolle gespielt. Mutter hingegen machte schon nach einer harmlosen Probe ein Theater. Umso geschickter war es von Vater und seinem Ensemble, Mutter eine exklusive Spitalszene zu gönnen. Sie wollten sie wohl von Vaters Kunst überzeugen. Ich hatte da wenig Hoffnung. James Mason redete auf sie ein, Mutter schüttelte immer wieder den Kopf, als wollte sie nicht hören, was er ihr zu sagen hatte. Er konnte froh sein, wenn sie ihm nicht davonlief! Mutter konnte mitten in der spannendsten Szene eines Spielfilms das Wohnzimmer verlassen und das Geschirr waschen gehen. Das war ihr Problem. Ihr fehlte der Sinn für Fiktion.

Vater kam nicht mehr nach Hause. Mutter behauptete, er sei aus dem Spital direkt in die Ferien gefahren. Ich wusste natürlich, dass er am Proben war. Nach dem zweiten samstäglichen Spätfilm, den ich alleine bestehen musste, schrieb ich Vater einen Brief.

Unser Kinosamstag habe mir sehr gefallen. Ich hätte schon immer gewusst, dass er es auf die Leinwand schaffen würde. Von unseren Fernsehabenden schwärmte ich in den höchsten Tönen. Auch von seiner Fähigkeit, völlig unerwartet in Rollen zu schlüpfen. Als Beispiel nannte ich Dean Martin in *Rio Bravo,* ein Part, der mir wie kein anderer zu ihm zu passen scheine. Hoffentlich würde ihm der Revolver beim Proben helfen! Ich legte etwas Munition bei und bat Vater, möglichst bald heimzukommen. Ich hätte meinen Part (John Wayne) nun gründlich einstudiert und sei bereit für gemeinsame Proben.

Dass ich Mutter diesen Brief nicht korrigieren liess, weckte ihre Neugier. Ich blieb hart, das war eine Sache zwischen Vater und mir. Lediglich die Adresse von Vaters Kurhaus liess ich Mutter auf das Couvert schreiben. Es war ein durchaus gelungener Deckname für ein Probenlokal. Ich trug den Brief eigenhändig zur Post. Dann begann die Warterei. Nach drei Tagen stellte ich die Verlässlichkeit der Schweizer Post ernsthaft in Frage. Nach drei Wochen grüsste ich unseren Pöstler nicht mehr.

Am Samstag vor Weihnachten sah ich einen Mann die Strasse entlangkommen. Er trug eine schwarze Winterjacke, eine schwarze Mütze und einen Koffer, den er neben Vaters Auto abstellte. Er bückte sich, blickte ins Innere des Fahrzeugs. Ich wollte Mutter alarmieren, da nahm der Mann einen Schlüssel aus der Jackentasche und schloss die Wagentür auf. Als er sich ins Auto setzte, erkannte ich Vater. Er kam mir trotzdem fremd vor. Ganz langsam liess er den Kopf auf das Steuerrad sinken. So blieb er sitzen, die Tür stand offen, der Koffer neben dem Auto. Nicht einmal Hektors Schnauze brachte Leben in Vater. Er sass hinter Panzerglas.

Das änderte sich auch in seinem Ohrensessel nicht. Das müde Lächeln, das Vater für alle und alles übrighatte, kam nicht bei mir an. Und mein Zwinkern schien es nicht bis zu ihm zu schaffen. Vater war nicht zu erreichen. Ich gab nicht auf, diese Glaswand mussten wir gemeinsam in Angriff nehmen. Ich zwinkerte weiter, bis Mutter einen neuen Tick an mir auszumachen glaubte.

Seit ich mir regelmässig auf die Brust klopfte, stand ich unter Verdacht. Auch mein Räuspern fand Mutter nicht normal. Dabei hatte beides mit einer unangenehmen Enge in Brust und Hals zu tun, von der kein Arzt etwas wissen wollte. Das sei alles in meinem Kopf, das lege sich bestimmt nach Weihnachten. Was wussten diese Ärzte von meinem Schädelinhalt, wenn sie nicht einmal meinen Hals richtig untersuchen konnten! Die sollten lieber Vater wieder in Ordnung bringen, von wegen Weihnachten!

Am Morgen vor Heiligabend sass Vater noch immer hinter Panzerglas und las Zeitung. Ich war nebenan im Esszimmer und löffelte meinen Griesbrei. Dieselbe Marke, die ich vor zehn Jahren eingelöffelt bekommen hatte und die ich in zehn Jahren noch löffeln wollte, selbst wenn ein Arzt dies als Tick klassieren würde. Mutter war einkaufen gegangen, Kathrin hüpfte in der Mansarde auf und ab und versuchte, ABBA zu übertönen. Ich hörte trotzdem, wie Vater seine Zeitung zusammenfaltete. Nun würde er aus dem Wohnzimmer treten und durch das Esszimmer in die Küche gehen. Ich würde ihm zuzwinkern, er würde starr zurücklächeln. Das wäre sie dann gewesen, meine Bescherung.

Doch Vater stoppte. Er schaute in meinen Teller, dann in meine Augen. Er zwinkerte, ich zwinkerte zurück. Ich lächelte, er lächelte zurück. Das Panzerglas war weg. Er trat an den Esstisch, griff nach einer Stuhllehne. Er massierte sie, wie er im Kino seine Knie massiert hatte. Vater lächelte nicht mehr, er wollte etwas sagen.

Dafür nahm er sich Zeit. Wie ein Fussballer, der den Ball auf den Elfmeterpunkt legt, ihn zurechtrückt, sich aufrichtet, ein paar Schritte Anlauf holt, stehen bleibt, die Augen auf den Ball fixiert. Nur dass Vater nie schoss, wenn er etwas sagte. Seine Stimme war ruhig, seine Worte waren gewählt. Manchmal kam auch nichts, als hätte er mit dem Anlauf bereits alles gesagt.

Vater räusperte sich. «Danke für den Brief.»

Auch ich räusperte mich, der Kloss sass fest, das Blut stieg in meinen Kopf. Vater holte Anlauf.

«Und die Munition. Ich habe mich sehr gefreut.»

Ich würgte, die Furche zwischen Vaters Brauen vertiefte sich.

«Hast du schon geprobt damit?» Ich klang winzig.

Vater lächelte kopfschüttelnd, meine Stimme war ihm wohl peinlich. Er nahm Anlauf, ich war schneller.

«Ich weiss, der Lauf ist zu kurz. Für den Grossen fehlten mir vier Franken.»

Vater lächelte wieder, seine Augen waren traurig.

«Der Revolver ist schon recht», antwortete er. «Es ist nur, dass ...»

«Die Munition?», unterbrach ich ihn, mein Herz klopfte im Hals. «Hab ich dir die falsche Munition geschickt?» Mein Löffel fiel in den Teller. «Wo hast du den Revolver?»

«Auf dem Nachttischchen.»

Ich sprang auf und rannte die Treppe hoch ins Elternschlafzimmer. Der Revolver und die beiden Munitionspäckchen lagen auf dem Nachttischchen. Ich setzte mich auf Vaters Bett, nahm den Revolver, öffnete die Trommel. Sie war leer. Ich untersuchte die Munitionspäckchen, sie waren ungeöffnet. Vater tauchte im Türrahmen auf. Wir schauten uns an.

«Komm, ich zeig dir, wie man ihn lädt», sagte ich.

Er setzte sich neben mich, ich schwenkte die Trommel zurück in den Rahmen. Ich drückte sie wieder heraus und prüfte, ob Vater aufpasste. Er blickte auf das Spielzeug hinab. Sah er immer so traurig aus, wenn er sich konzentrierte?

«Hör mal, das mit den Filmen», sagte er.

Sein Anlauf war zu kurz gewesen.

Ich legte den Revolver auf Vaters Oberschenkel, riss ein Munitionspäckchen auf, nahm einen der roten Ringe heraus, von dem in regelmässigen Abständen acht kleine Plastikhülsen abstanden.

«Mach dir keine Sorgen, das bleibt unter uns», sagte ich und kontrollierte, ob die Plastikhülsen Schiesspulver enthielten. «Ich habe Mutter nichts gesagt. Sie hat auch den Brief nicht gelesen.»

Ich zwinkerte Vater zu, nahm den Revolver von seinem Schenkel, drückte den Munitionsring in der Trommel fest.

«Ich bin kein Schauspieler», sagte Vater.

«Und ob! Okay, es war keine grosse Rolle. Aber ich fand deinen Auftritt toll.» Ich schwenkte die Trommel zurück in den Rahmen. «Du wirst es schaffen, da bin ich ganz sicher. Und ich freue mich schon riesig auf deine nächste Rolle.»

Ich zielte aus dem Fenster und drückte ab. Ein heller Knall, dünner Rauch, es roch nach Schiesspulver. Zufrieden reichte ich Vater den Revolver. Er hielt ihn in der Hand, blickte auf ihn hinab. Da geschah, was ich gehofft hatte. Vater wurde zum durstigen Dude aus *Rio Bravo*. Die traurigen Augen, der verzweifelte Blick. Es fehlten nur noch der alte Hut und die zerrissene Jacke, und man hätte ein Kamerateam aufbieten können. Ich kannte das Gefühl. Wenn ich mein Gewehr in den Händen hielt, fühlte ich mich auch wie John Wayne – bis ich in den Spiegel schaute. Das war das Wunderbare an Vater: Seine Verwandlung war auch für andere sichtbar. Sogar das Zittern kam in seine Hand zurück. Sollte ich mein Gewehr holen? Vaters Augen begannen zu glänzen, sein Zeigefinger suchte den Abzug. Ich durfte Vater nicht länger stören.

«So, jetzt kannst du proben. Ich muss meinen Brei fertig essen», sagte ich möglichst beiläufig. «Wenn du eine Frage hast, komm einfach.»

Ich stand auf und eilte zur Tür. Vater sass auf dem Bett, seine Schultern und sein Kopf hingen vornüber, der Revolver lag lose in seiner Hand. Dean Martin hätte es nicht besser gekonnt. Ich liebte dieses Bild. Ich liebte diesen Vater.

Am selben Abend noch war Vater wieder verschwunden. Er sass zwar in seinem Ohrensessel und packte Geschenke aus, doch das war nicht der Mann, den ich ein paar Stunden vorher in seinem Schlafzimmer hatte proben sehen. Er sang sogar bei den Weihnachtsliedern mit! Wenn das zu einer neuen Rolle gehörte, musste er noch viel üben. Der klassische Familienvater passte nicht zu ihm. Natürlich durfte sich Vater entwickeln. Ich hatte auch Dean Martin schon ohne Flasche spielen sehen – aber nie so überzeugend wie in *Rio Bravo*.

Den Spätfilm an Heiligabend schaute ich alleine. Auch an Weihnachten und am Stephanstag ging Vater um halb elf ins Bett. Das ging bis ins neue Jahr so weiter. Ich harrte trotzdem jeden Samstag vor dem Fernseher aus, obwohl ich oft nicht in den Film fand. Immer wieder schaute ich zur Tür, in der Hoffnung, Vater würde mit einer Flasche in der Hand das Wohnzimmer betreten. Einmal wagte ich mich in den Keller, vielleicht war er am Proben. Alles war dunkel und kalt, von Vater keine Spur.

Dafür sass er am nächsten Morgen bereits in seinem Ohrensessel und las Zeitung, wenn ich mich verschlafen hinter meinen Brei setzte. Er kam mir vor, als müsste er nun auch zu Hause arbeiten. Selbst sein Mittagsschläfchen hatte er eingestellt. Einzig der Revolver, der noch immer auf Vaters Nachttischchen lag, gab mir Hoffnung. Jeden Tag kontrollierte ich heimlich sein Magazin. Ausser dem einen Schuss, den ich selbst abgegeben hatte, waren alle Hülsen unberührt. Allmählich baute ich einen Groll auf gegen Vaters neuen Part.

Mutter hingegen war begeistert. So begeistert, dass ich mich fragte, ob Vater diese Rolle nur für sie spielte. Mutter wurde auch wieder wachsamer. Sie begann sogar die Filmplakate zu kritisieren, die die Wände in meinem Zimmer bis auf den letzten Quadratzentimeter bedeckten. Auf dem einen hatte es ihr zu viele Leichen, auf dem andern zu viel Busen. Als ich mir zu meinem zwölften Geburtstag die Filmmusik von *Le Professionnel* wünschte, war Mutter plötzlich taub. Ich erhielt die Platte dann von Götti Sämi. Doch auch ihn schien Mutter angesteckt zu haben. Er schenkte mir eine Aufnahme irgendeiner Knabenmusik dazu, als wollte er den schlechten Einfluss Jean-Paul Belmondos neutralisieren. Selbst Sämi schien Vaters neue Rolle zu gefallen.

Ich verstand die Welt nicht mehr. Dabei war sie doch eben erst so richtig in Schwung gekommen. Jeden Montagmorgen drehten mein Freund Michel und ich in jeder der drei Pausen unsere Runden um den Hof und besprachen den Spätfilm vom vergangenen Samstag. Am Turnhallenrand vertieften wir die Diskussion, während die anderen Tore schossen. In Vaters grosses Talent hatte ich Michel jedoch nicht eingeweiht. Er hätte mich nur beneidet, er sah seinen Vater bloss jedes zweite Wochenende. Er erzählte nicht viel von ihm. Dafür umso mehr vom neuen Videogerät, auf dem sich sein Vater nach dem Spätfilm noch einen Videofilm ansah, den Michel unter keinen Umständen sehen durfte.

Wir schauten uns den Film an einem Samstagnachmittag gemeinsam an, Michel und ich, als sein Vater beim Einkaufen war. Es war ein langweiliger Streifen um einen Privatdetektiv, der, anstatt Fälle zu lösen, mit nackten Frauen herumturnte.

Ich war froh, dass mein Vater einen besseren Filmgeschmack hatte. Oder zumindest gehabt hatte. Denn noch am selben Samstag hörte ich Geräusche aus dem Schlafzimmer meiner Eltern kommen, die mich verdächtig an jene aus dem Videofilm erinnerten. Wie immer nach dem Spätfilm stand ich vor dem Badezimmerspiegel, diesmal suchte ich nach Spuren von Steve McQueen. Zumindest im blonden Haaransatz glaubte ich eine Ähnlichkeit erkannt zu haben, als ich das fremdartige Geräusch hörte. Ich presste meine Hände an die Ohren und starrte in den Spiegel. Ich war mir fremd. Diesen Ausdruck hatte ich noch nie gesehen in meinen Augen. Das Gefühl hingegen, das ihn begleitete, kannte ich. Es war wie damals, als Ettore in den roten Alfa Romeo Giulia Nuova Super 1300 einstieg, der mit zwei Rädern auf dem Trottoir vor dem Primarschulhaus stand. Oder als Mick *Let It Be* zu singen begann.

Ich zog immer das kürzere Ende. Eben hatte ich Vater noch gehabt, nun hatte ihn Mutter. Kathrin hatte Röbi und Alain und Pietro. Gut, ich hatte Spencer Tracy, Katharine Hepburn, Cary Grant, Grace Kelly, Gary Cooper, Ingrid Bergman, Humphrey Bogart, Lauren Bacall, Rock Hudson, Doris Day, James Stewart, Claudette Colbert, Clark Gable, Vivien Leigh, Marlon Brando, Sophia Loren, John Wayne, Angie Dickinson, Lee Marvin, Claudia Cardinale, Jean-Paul Belmondo, Catherine Deneuve, Alain Delon, Romy Schneider, Yves Montand, Marilyn Monroe, Jack Lemmon, Shirley MacLaine, Frank Sinatra, Kim Novak, Dean Martin, Lana Turner, Walter Matthau, Audrey Hepburn, Gregory Peck, Jennifer Jones, Joseph Cotten, Alida Valli, Orson Welles, Rita Hayworth, Glenn Ford, Bette Davis, Henry Fonda, Barbara Stanwyck, William Holden, Gloria Swanson,

Melvyn Douglas, Greta Garbo, Charles Boyer, Leslie Caron, Gene Kelly, Cyd Charisse, Fred Astaire, Ginger Rogers, Charles Coburn, Jean Arthur, Alan Ladd, Veronica Lake, Joel McCrea, Betty Field, Edward G. Robinson, Steve McQueen, Faye Dunaway, Warren Beatty, Natalie Wood, James Dean, Elisabeth Taylor, Richard Burton, Claire Bloom, Paul Newman, Katharine Ross, Robert Redford, Mia Farrow, Woody Allen und die Marx Brothers. Aber ich hatte sie nie länger als zwei Stunden. Der eine oder die andere rettete sich in den einen oder anderen meiner Träume, treue Gesellschaft waren sie trotzdem nicht. Sie waren da, sie berührten mich, aber sie liessen sich nicht berühren. Nicht wie ich Vater hatte berühren können an jenem Samstagnachmittag, als wir gemeinsam aus seinem Film gekommen waren. Vater hatte mir Zugang zu dieser anderen Welt verschafft, in der alles leichter ging. Und nun zog er sich hinter Panzerglas zurück. Oder er stöhnte mit Mutter im Duett.

Ich kam mir vor wie eine dieser Comicfiguren, die in vollem Lauf über ein Kliff hinausrannten und erst über dem Abgrund bemerkten, dass sie keinen Boden mehr unter den Füssen hatten. Sie hingen reglos in der Luft, schauten zurück zum Festland, dann nach unten. Erst jetzt fielen sie, als hätten sie der Schwerkraft so lange widerstehen können, wie sie den festen Untergrund nicht vermissten. Einige traten, noch immer in der Luft hängend, den Rückweg an. Manche ganz vorsichtig, als befürchteten sie, die Luft trage sie nicht. Andere in vollem Tempo, als hofften sie, der Naturgewalt doch noch zu entkommen. Mir hätte Vaters Hand genügt. Doch die war besetzt. So blieb ich in der Luft hängen, während ich mich nach anderen Möglichkeiten umsah.

Sollte ich es mit einer Mädchenhand versuchen, wie Mick und Max? Mit seinem Schlagzeug hatte Mick bei Christine leichtes Spiel gehabt. Max war ein Jahr älter als wir. Er hatte Haare unter den Armen und zwischen den Beinen. Man erzählte sich, dass er mit Christines Freundin Chantal herumturnte, auf und ab und hin und her. Keine schöne Vorstellung. Aber Michel und ich waren fest entschlossen, uns daran zu gewöhnen.

Wir gingen diese Herausforderung gründlich an. Den Videofilm von Michels Vater studierten wir im Detail, bis wir alle Tricks zu kennen glaubten. Das Stehvermögen übte jeder für sich zu Hause. Das funktionierte ganz gut. Nur wie die das schleimige Zeug aus sich herausbrachten, blieb uns ein Rätsel. Michel tippte auf einen Spezialeffekt. Schliesslich schossen die Gangster und Polizisten in den Filmen auch nicht wirklich, trotzdem hatten die Getroffenen Blutflecke auf ihren Kleidern. Ich fand das zwar nicht restlos überzeugend, war aber froh, mir keine weiteren Gedanken zu diesem Thema machen zu müssen.

Das theoretische Rüstzeug hatten wir uns erarbeitet, nun ging es an die praktische Umsetzung. Die bevorzugten Kandidatinnen waren beide in unserer Klasse und noch nicht besetzt. Wie weiter? Ich suchte bei meinen Filmhelden nach Rat. Die meisten wurden von den Frauen angesprochen und nicht etwa umgekehrt. Einem John Wayne stellten die Damen sogar nach. Das war jeweils eine Art Treibjagd, bis der Revolverheld entkräftet aufgab. Meine Realität sah anders aus.

Nur schon mit den Zielobjekten ins Gespräch zu kommen, schien schier unmöglich. Ausser über Filmklassiker wussten Michel und ich nicht viel zu erzählen, und ausgerechnet davon wollten die Mädchen nichts hören. Wer schaute sich schon freiwillig Schwarzweissfilme an, und das erst noch am Samstagabend? Da gab es doch Schulpartys! Sofern man eingeladen war. Das waren Michel und ich nie, weil wir nichts zu sagen hatten. Bisher war uns dies egal gewesen. Wir hatten unsere Spätfilme. Nun hatten wir ein Problem. Wer würde uns gesellschaftsfähig machen? Es musste jemand mit einem Flair für Exotisches sein. Jemand wie Cornelia.

Sie trug ihre Zahnspange und ihre fünfundfünfzig Kilo mit einer Selbstverständlichkeit, die sie fast wieder attraktiv machte. Zudem hatte sie einen der besten Partyräume zu bieten. Wenn irgendwo eine Fete stieg, war Cornelia dabei. Sie hatte mich einmal zu sich eingeladen. Allein. Das schien mir damals noch zu gefährlich, ich wog halb so viel wie sie. Nun hatten sich die Zeiten geändert, Gewichtsklassen spielten keine Rolle mehr. Nach einem endlosen Nachmittag mit Cornelias Poesiealben war es so weit: Sie lud mich zur nächsten Fete ein, die ausgerechnet bei Mick steigen sollte.

An einem nassen Samstagnachmittag parkierten Michel und ich unsere Fahrräder in der Einfahrt von Micks Haus. Ein kantiges Gebäude stand vor uns, nichts als Glas und glatte, weisse Wände. Wir gingen auf die Tür zu, blieben stehen. Michel schaute zu den Fahrrädern zurück. Er fragte mich, ob ich mir sicher sei. Für einmal war ich froh um den Kloss in meinem Hals. Er verhinderte, dass ich Michel zu seiner Feigheit gratulierte und gemeinsam mit ihm den Rückzug antrat. Stattdessen drückte ich entschieden auf die Klingel.

Als ihr Klang zu uns hinausdrang, sah ich meinen Fehler ein. Ich hörte ihn sogar, die drei sanft ausklingenden Töne waren eindeutig den Beatles entlehnt. *Let It Be* mahnte uns dieses Haus, doch ich verstand noch kein Englisch, ich sah lediglich Mick im Musikzimmer stehen und singen. Die Tür öffnete sich, Max stand vor uns. Wir waren ratlos, alle drei. Ich hätte gerne etwas gesagt, ich zwinkerte und klopfte mir auf die Brust. Der Kloss sass fest. Nicht einmal ein Lächeln brachte ich zustande, der Gedanke an Max' Schamhaare blockierte alles. Michel murmelte etwas von Cornelia, Max schaute mir in die Augen, als entziffere er eine von Herrn Zumsteins algebraischen Formeln. Dann drehte er ab und liess uns in der geöffneten Tür stehen. Michel zuckte mit den Schultern, wir traten ein. Ich schloss sorgfältig die Tür, als dürfte niemand hören, dass wir da waren.

Im Entree war alles weiss: die Wände, die Decke, die Türen des Einbauschranks. Ich hätte gerne herausgefunden, wie sich diese Türen ohne Griffe oder Knäufe öffnen liessen. Doch Michel stand bereits an der Treppe, die unüberhörbar in den Partyraum führte. Ich folgte ihm über den polierten Steinboden, auch wenn ich mich lieber in das Ledersofa in der Mitte des immensen Wohnzimmers gesetzt und durch die raumhohen Fenster in die Hügel unseres nördlichen Nachbarlandes geschaut hätte. Wir stiegen die Treppe hinab, ich blickte durch die weissen Querverstrebungen des Geländers, die Regenwolken spiegelten sich im Boden. Diese glänzende Glätte faszinierte mich. Sie versteckte nichts, sie schluckte nichts. Nicht wie der Spannteppich bei mir zu Hause, der den ganzen Raum in sich aufsaugte. In meinem Haus würde es einst keine Teppiche geben.

Dafür einen Keller wie der von Mick. An der Decke drehte eine Discokugel, bunte Lichtmuster tanzten über das Schlagzeug in der Ecke, das alte Sofa, die Sitzsäcke und Hocker und das Klavier, über Bilder von Popstars und ein knappes Dutzend Knaben und Mädchen, die sich in der Mitte des Raums versammelt hatten. Ich konnte ihre Gesichter nicht erkennen. Sie schienen nur auf Michel und mich gewartet zu haben, ein Empfangskomitee, wie man es sonst nur Geburtstagskindern gönnt. Michel hatte den letzten Tritt noch nicht erreicht, ich war zwei Stufen hinter ihm, da ging ein grelles Licht an. Geblendet blieben wir stehen. Für einen Moment war alles so weiss wie im Eingang oben. Dann kamen die Farben und Konturen zurück, nur nüchterner als zuvor. Die Discokugel war bloss noch ein metallener Klumpen, die Bilder an der Wand wirkten so leblos wie die Gesichter unseres Empfangskomitees. Es war die erste Auswahl aus vier Klassen, die da vor uns stand, zehn gegen zwei.

Zwölf Uhr mittags kam mir in den Sinn, auch wenn ich wusste, dass ich kein Gary Cooper war und Cornelia keine Grace Kelly. Sie stand in der zweiten Reihe, hinter Markus und Stefan, und rieb sich die Augen. Nun trat Mick auf. Er hatte hinter der Ecke gelauert, wo ich den Lichtschalter vermutete. Drei Schritte vor Michel blieb Mick stehen, er überschätzte dessen Reichweite deutlich. Musste er die Gruppe in seinem Rücken spüren? Für einen Moment hatte ich das Gefühl, dass Michel und ich diesen elf überlegen waren. In einem Western hätten wir unsere Revolver gezogen, zuerst die Schnellsten gebodigt und im zweiten Durchgang dann den Rest. Aber wie ich das dachte, hatte Mick bereits abgedrückt.

«Es tut mir, es tut uns leid, aber ihr passt nicht auf diese Fete.»

Dieser Satz kam aus einer doppelläufigen Schrotflinte. Ich sah die Ladung auf mich zuschiessen, fühlte mich rückwärts durch die Luft segeln und auf den Steinstufen aufschlagen. Mein Blut würde an ihnen abperlen und sich zu Seelein sammeln. Ein passendes Ende, ich freute mich darauf.

Doch der Schuss schleuderte mich nicht auf die Treppe, sondern in ein anderes Genre. Es war kein Heldentod, der mich hier erwartete. Ich war wieder die Comicfigur, die über eine Klippe hinausgerannt war und seither über dem Abgrund schwebte. Ich schaute zum ersten Mal in ihn hinab. Ich sah nichts. Dann fiel ich. Michels Stimme wiederholte unablässig Cornelias Namen, sie verlor sich im Flugwind wie alles andere auch. Der Fall war dennoch keine Befreiung, mit jedem Flugmeter wuchs die Angst vor dem Aufprall. Aber ich schlug nicht auf.

Der Spätfilm war das einzige Mittel, den freien Fall zu bremsen. Wenigstens vorübergehend. Mit dem Abspann nahm mein Flug sein gewohntes Tempo wieder auf. Mutters Widerstand gegen meinen steigenden Filmkonsum wuchs, ich setzte mich durch. Die Nebenwirkungen meines Falls wurden trotzdem immer unangenehmer – und unansehnlicher. Das Zwinkern war nun Routine, mit dem Brustklopfen versuchte ich nach wie vor, den Kloss in meinem Hals in Bewegung zu halten. Als die Pickel und Pusteln, die ich aus Röbis Gesicht kannte, auf meinem zu spriessen begannen, musste etwas geschehen. Entweder ich würde endlich ankommen oder ich fand ein Mittel, meinen Niedergang wenigstens zu drosseln.

Ich weihte Michel ein. Der lachte bloss. Danach redete ich nie mehr darüber. Unser gemeinsames Projekt brachen Michel und ich ab – aus unterschiedlichen Gründen. Ich musste zuerst einmal mein Gesicht unter Kontrolle bringen, Michel verliess das Gymnasium. Er hatte drei Ungenügende zu viel. Ich glaube, das lag an den Videos seines Vaters. So hatte jeder seine Methode, die Fallgeschwindigkeit zu bremsen.

Ich flog durch den Rest des Winters in den Frühling hinein. Nun würden mir bald Federn spriessen, dachte ich. Da kam ich bei Mr. C. an. So sanft wie ein Lift, der im Parterre stoppte. Das lag daran, dass sich auch Mr. C. abwärts bewegte: Er schrumpfte. Zentimeter um Zentimeter wuchs ihm alles über den Kopf, seine Freunde, seine Frau, der Alltag und dessen Requisiten. Fingerhüte wurden zu Tassen, Tassen zu Schüsseln, Schüsseln zu Badewannen. Der kleinste Gegenstand erhielt Bedeutung. Ganz zu schweigen von den Haustieren.

Das war *Die unglaubliche Geschichte des Mr. C.* Im Gespräch mit einer Zwergin vom Zirkus brachte er sie auf den Punkt: Es käme ihm vor, als hätten die Menschen um ihn herum sich verändert, während er gleich geblieben sei. Wenigstens hielt mein Körper mit meiner Umgebung mit, wenn in mir drin schon alles schrumpfte. Mit Mr. C. hätte ich nicht tauschen wollen. Spätestens als er für die Hauskatze interessant wurde, realisierte ich, wie klein meine Probleme waren. Sein Sturz in den Keller rettete Mr. C. zwar vor den Krallen des Stubentigers, dafür war er nun gestorben für den Rest der Welt. Auf ein paar Zentimeter geschrumpft konnte er sich nicht mehr bemerkbar machen von dort unten, die Kellertreppe war zu einer unüberwindbaren Steilwand geworden.

Wieder kam ich mit einem meiner Helden im Untergeschoss an, so detailliert hatte ich diese Gegend aber noch nie wahrgenommen. Der Fuss einer Kommode, eine leere Streichholzschachtel, der Köder in einer Mausefalle, alles hatte elementare Bedeutung in Mr. C.'s Überlebenskampf. Ich dachte an Vater, der in seinem Schlafzimmer schnarchte. Ihm hätte dieser Film gefallen. Er hätte ihn an seine Abenteuer im Untergrund erinnert, denen er sich einst gestellt hatte, bevor er den Versuchungen des ersten Stocks erlegen war.

Die tieferen Erkenntnisse lagen unter der Erde. Dies hatte mich *Der dritte Mann* gelehrt. Mr. C. bestätigte es, als er einer fetten, haarigen Hausspinne seine Stecknadellanze in den Leib stiess. Er kroch unter dem saftenden Kadaver hervor und wankte auf den Kuchenkrümel zu, den er sich so tapfer erkämpft hatte. Doch wie er in seine Beute beissen wollte, merkte Mr. C., dass er gar nicht mehr hungrig war. Er hatte auch keine Angst mehr vor dem Ende, obwohl er immer kleiner wurde. Ich war gerührt. Mr. C. kraxelte den Hang zum Fliegengitter hoch und erzählte von seiner

Gewissheit, dass innerhalb der unendlichen Majestät der Schöpfung auch er etwas bedeute. Im ewigen Kreislauf der Dinge gebe es kein Nichts. Er stieg durch eine Masche des Fliegengitters ins Freie, blickte zwischen baumhohen Grashalmen und Efeublättern in den Sternenhimmel hoch: Wie eng das unfassbar Kleine und das unfassbar Grosse doch beieinanderlägen!

Wie recht er hat, dachte ich mir, während der Abspann lief und ich auf den freien Fall wartete. Doch ich blieb sitzen. Mr. C. hatte meinen Abwärtstrend gebremst, indem er mich zu schrumpfen gelehrt hatte. Mein Körper spiegelte sich in der schwarzen Fläche des Wohnzimmerfensters. Er sass alleine im Sofa, doch der Raum um ihn herum wirkte nicht mehr verloren, vielmehr wie ein Versprechen unbegrenzter Möglichkeiten. Ich stürzte nicht mehr durch die Leere, ich ging in ihr auf. Alles war gleich unwichtig, das Sofa, der Aschenbecher, meine Eltern im Schlafzimmer oben, Mick, Max und Cornelia. Ich freute mich auf den Tag, an dem ich mich in Luft auflösen würde wie Mr. C.

Mein Leben ging nicht auf meine Wünsche ein. Anstatt zu schrumpfen, wuchs und spriesste alles. Pickel, Glieder, Schamhaare, Stimmbänder. Allerdings nicht so, dass es interessant gewesen wäre. Wie bei meinem neuen Sitznachbarn Oliver, dem die Mutter einmal pro Monat die Hosen verlängern musste. Mein Körper hielt brav im Mittelfeld mit. Dafür begann Vater zu schrumpfen.

Es war ein langsamer, kaum wahrnehmbarer Prozess. Wie bei Mr. C., der anfangs die Wäscherei verdächtigte, als seine Hosen zu weit und seine Hemdsärmel zu lang waren. Wie machte das Vater bloss? Ich mühte mich erfolglos an meiner Rolle ab und Vater setzte sie um, ohne den Film gesehen zu haben! Oder setzte ihm seine kranke Mutter derart zu? Es war zwar meine Mutter, die seine Mutter pflegte. Doch

Grossmutter hatte ihre Wirkung auf ihren Sohn auch im Krankenbett nicht verloren. Als sie starb und Vater trotzdem weiter schrumpfte, schöpfte ich Hoffnung.

Nicht zuletzt deshalb, weil er endlich einen Verbündeten gefunden hatte: Auch sein Bruder Sämi schrumpfte! Damit ging meine lang gehegte Hoffnung in Erfüllung, die beiden kreativen Talente in Vaters Familie würden zusammenspannen. Zum ersten Mal fiel mir ihre wohl noch geheime Partnerschaft an Grossmutters Abdankung auf. Sie sassen nebeneinander, beide in weissen Hemden und schwarzen Anzügen, beides jeweils eine Nummer zu gross. Das schien den Brüdern und Schwestern und Schwägerinnen und Schwägern, die sich mit ihnen unterhielten, nicht aufzufallen. Sie waren zu sehr damit beschäftigt, sich in diesem formlosen Raum, den Grossmutters Tod geöffnet hatte, zurechtzufinden.

Obwohl Vaters ältester Bruder Karl Grossmutters Rolle überzeugend weiterspielte, wirkten alle etwas orientierungslos. Wie zweiundzwanzig Fussballer, die den Schiedsrichter plötzlich aus ihren eigenen Reihen delegieren mussten. Götti Sämi und Vater hingegen machten mir den Eindruck, als wollten sie das Spielfeld verlassen. Als zögen sie sich Millimeter um Millimeter aus dem Saal zurück, bis nur noch ihre leeren Hemden und Anzüge dasässen. War Vater wieder am Proben, gemeinsam mit Götti Sämi? Gab er die langweilige Rolle des klassischen Familienvaters, an der er sich seit Monaten erfolglos versuchte, endlich auf?

Die Zeichen standen gut. Sie wurden zahlreicher in den Wochen nach Grossmutters Beerdigung. Wenn Vater abends nach Hause kam, blieb er wieder etwas länger im Keller, bevor er ins Wohnzimmer hochstieg. Auch an Mutters gereizten Reaktionen konnte ich ablesen, dass etwas in Bewegung gekommen war in Vater. Er wuchs in seine neue Rolle

hinein, mit jedem Tag schien er ein Stückchen zu schrumpfen. Auch wenn sich das nicht in Millimetern hätte nach-
messen lassen, einem aufmerksamen Beobachter konnte
nicht entgehen, was da passierte. Vaters Verhalten glich je
länger, je mehr jenem von Mr. C. Der gereizte Tonfall, mit
dem er Mutters Sorge um seine verlorenen Pfunde zurück-
wies. Der Argwohn seiner Umwelt gegenüber, die ihm mit
jedem Tag grösser und bedrohlicher vorkommen musste.

Vater war seine neue Rolle bald so geläufig, dass ich mich
fragte, wann er so intensiv zum Proben kam. Schliesslich
fuhr er jeden Werktag zur Arbeit. Probte er etwa in seinem
Büro? War Vaters Chef, Herr Kanzler, deshalb immer öfter
Gesprächsthema zwischen Vater und Mutter? Das hätte erklärt, weshalb sie sich immer öfter auf Kanzlers Seite
schlug. Früher war das anders gewesen. Da hatten Mutter
und Vater jeden Abend an einem Bollwerk gegen Kanzler
gebaut. Dass Mutter die Seite wechselte, musste mit Vaters
neuer Rolle zu tun haben.

Vielleicht hatte sie Angst, dass Vater ins Spital müsste,
wenn er weiter proben würde. Wie Götti Sämi, dem das
Schrumpfen schlecht bekam. Das behaupteten zumindest
die Ärzte. Wenn es wirklich Ärzte waren und nicht Mitglie-
der jenes Schauspielerensembles, das bereits mit Vater Spital gespielt hatte. Götti Sämi habe Krebs. Was das genau war
und wie dieser Krebs aussah, konnte mir Mutter nicht sagen.
Er sässe in Götti Sämi drin und fresse ihn auf. Deshalb müsse
man ihn operieren. Das klang unglaubwürdig. Weshalb ope-
rierte man den Krebs, wenn es Götti Sämi war, dem es
schlecht ging? Doch ich insistierte nicht, ich gönnte Götti
Sämi den Erfolg seiner Inszenierung. Dass Mutter auf ein
solch offensichtliches Spiel hereinfiel, war normal. Schliesslich hatte sie sich auch auf Kanzlers Seite geschlagen, obwohl Vater nicht im Büro probte. Er probte am Hafen.

Ich sah ihn vom Schiff aus, kurz vor der französischen Grenze. Zuerst erkannte ich den weissen Renault 12, der parallel zum Ufer stand, ein paar Meter hinter einem Eisenbahnwagen. Es war das einzige Personenfahrzeug weit und breit, Vater beugte sich über den geöffneten Kofferraum. Er richtete sich auf, blickte sich um. Kein Mensch. Dachte er nicht daran, dass auf dem Fluss auch Zuschauer sein könnten, oder gab er diese Vorstellung nur für uns? Er setzte eine Flasche an, liess den Kopf in den Nacken sinken. Vater blieb in dieser Hohlkreuzlage, während es uns stromabwärts zog. Bald sah ich den Wagen nur noch von vorne, die geöffnete Kofferraumtür verdeckte Vater. Bis auf die grüne Flasche, die senkrecht in den Himmel stach.

Ich hatte Tränen in den Augen. Vater war extra für mich in den abgelegensten Winkel unserer Stadt gefahren! Er wusste nicht nur, dass an diesem Tag meine Schulexkursion stattfand, er kannte sogar unsere Route! Eilig fuhr ich mir mit dem Ärmel übers Gesicht. Zu spät. Die Mädchen hielten sich die Hände vor den Mund, als wäre etwas Schlimmes passiert. Sie wollten lediglich verbergen, was die Knaben offen taten: Sie lachten mich aus. Sie hatten einmal mehr nichts begriffen. Sie hatten ein Auto und einen Mann gesehen und sich nichts dabei gedacht. Dass dort am Ufer Grosses im Entstehen war, war ihnen entgangen. Endlich hatte ich diesen Ignoranten wieder etwas voraus. Ich brauchte sie jetzt weniger denn je. Vater war wieder für mich da. Und ich für ihn. Den Beweis erbrachte ich noch am selben Abend.

Als ich von der Exkursion nach Hause kam, sass Mutter im Sofa. Sie wartete auf einen ihrer Busse, der offenbar längst überfällig war. Mit angespanntem Mund starrte sie zum Gartentor. Zwischen ihren Fingern klemmte eine Zigarette, die Aschenspitze war länger als der Filter. Sie sass noch immer so da, viele Zigaretten später, als Vater sich in seinen Ohrensessel fallen liess.

Wo er heute gewesen sei, fragte Mutter. Ihre Stimme klang gereizt, als hätte sie den Busfahrer persönlich vor sich. Vater fühlte sich nicht angesprochen. Mutters Stimme wurde lauter, sodass ich auch vom Esszimmer aus mitbekam, dass sie im Dunkeln tappte. Nein, im Büro sei er nicht gewesen, sonst hätte Kanzler sie nicht angerufen! Mutters Stimme überschlug sich.

Weshalb sie mit seinem Chef telefoniere? Auch Vater klang gereizt.

Kanzler telefoniere mit *ihr,* präzisierte Mutter. Und sie wolle jetzt wissen, wo er sich heute herumgetrieben habe.

Extern! Vater schrie. Und das habe er Kanzler auch gesagt, nur höre der ihm nie zu! Genauso wenig wie sie! Deshalb sage er jetzt überhaupt nichts mehr!

Einen Moment lang war es still.

Ja, ja, einfach alles herunterspülen. Mutter murmelte nur noch.

Ich hörte Schritte, Vater trat ins Esszimmer.

Für wie blöd er sie eigentlich halte?

Vater wandte sich um. Das müsse er sich nicht bieten lassen!

Sie auch nicht!

Jetzt schrien wieder beide. Die Mansardentür ging auf, Kathrin rannte die Treppe herunter.

Das müsse sie auch nicht! Das sei alles freiwillig! Es war das erste Mal, dass ich Vater brüllen hörte. Kathrin blieb auf der untersten Stufe stehen und fixierte sein Profil.

Und die Kinder? Mutters Stimme klang plötzlich schwach, als hätte ihr dieser Satz alles abgefordert.

Vater schaute sie an. Was haben die Kinder damit zu tun?

Nun schwiegen sie. Ich schaute zu Kathrin, Kathrin schaute zu Vater, Vater schaute auf den Boden.

Dass du dich nicht schämst, sagte Mutter.

Sie stand nun neben ihm. Vater blickte kurz auf, als hätte er nicht richtig gehört. Dann ging er an Kathrin vorbei die Treppe hoch. Mutter befahl Kathrin und mir, auf unsere Zimmer zu gehen, und folgte Vater. Kathrin schaute mich an, als schwebten wir in Lebensgefahr. Ich hörte, wie Vater die Tür zum Estrich öffnete, dann ein Rumpeln. Ich wollte die Treppe hochrennen, Kathrin hielt mich am Arm fest. Mutter erreichte den Dachstock, sagte etwas zu Vater, das ich nicht verstehen konnte. Ihre Stimme klang hohl, ich dachte an die Dachisolationsmatten. Dann hörte ich Vaters Schritt auf der Treppe. Ich riss mich los, rannte in den ersten Stock. Vater stand mit einem Koffer vor mir.

Ich schaute Vater an, er schaute auf den Boden. Ich merkte zu spät, dass ich ihm im Weg war. Kathrin schoss zwischen uns durch und riss Vater den Koffer aus der Hand. Drei Schritte weiter drehte sie sich um. Sie stand mit dem Rücken zur Wand, den Koffer hielt sie fest in den Armen. Fester noch als sie Franco hielt, der immerhin seit sechs Monaten ihr Freund war. Vater ging auf Kathrin zu, sie sank der Wand entlang zu Boden. Er bückte sich, packte den Koffergriff. Kathrin weinte. Vater zerrte, der Koffer kam hoch, gemeinsam mit Kathrin. Da eilte ihr Mutter zu Hilfe.

Zwei gegen einen, das war unfair. Ich musste eingreifen. Nun zerrten wir alle, Kathrin und Vater am Koffer, Mutter an Vater, ich an Mutter. Ein stilles Zerren, wie es sich gehörte in unserer Familie. Nur das Schluchzen meiner Schwester, das Keuchen meiner Eltern und das Ächzen des Koffers waren zu hören. Da löste sich ein nie gehörter Laut aus Vaters Kehle. Eine Mischung aus Stöhnen, Rufen und Knurren, die ich menschlichen Stimmbändern nicht zugetraut hätte. Wir liessen los. Vater riss den Koffer an sich, stapfte ins Schlafzimmer und schlug die Tür zu.

Seine Ruhe währte nicht lange. Mutter stiess die Tür auf. Der Koffer lag auf dem Bett, Vater öffnete den Schrank.

So einfach ginge das nicht, drohte Mutter.

Vater packte einen Stapel Hemden und legte ihn in den Koffer.

Wohin er wolle?

Vater ging zum Schrank zurück, hielt einen Moment inne, als hätte er vergessen, was er vorhatte. Kathrin trat an den Koffer, nahm die Hemden heraus und umarmte sie so inbrünstig, wie sie eben noch den Koffer umarmt hatte.

Wohin er wolle? Mutters Stimme klang scharf.

Vater schaute in den leeren Koffer, er brachte keinen Ton heraus.

«Proben.»

Obwohl ich mich selbst kaum gehört hatte, schauten mich alle an, als hätte ich geschrien.

«Vater möchte proben gehen. Lasst ihn doch.»

«Geh jetzt in dein Zimmer», befahl Mutter.

«Weshalb lasst ihr Vater nicht proben?», insistierte ich.

«Vater spielt in keinen Filmen mit!», schrie Kathrin.

Doch alle schauten nur mich an, als wäre diese Ungeheuerlichkeit aus meinem Mund gekommen.

«Und ob!» Nun schrie auch ich. «Was glaubt ihr denn, was er im Keller unten macht?»

«Er säuft!», brüllte Kathrin.

«Kathrin!», rief Mutter und schaute mich an, als hätte sie eben eine furchtbare Entdeckung gemacht.

Ich wollte Kathrin zurechtweisen, dass das Saufen zur Rolle gehöre und Dean Martin berühmt geworden sei damit, doch Vater kam mir zuvor.

«Sonst hält man das ja nicht aus hier!»

Er konnte eindeutig am lautesten brüllen von uns allen. Kathrin stiess die Hemden von sich, sie fielen in den Koffer. Mutters Faltarbeit war umsonst gewesen.

«Du bist so gemein», sagte Mutter. Dann folgte sie Kathrin, die heulend das Schlafzimmer verliess.

Vater betrachtete die Hemden. Das Durcheinander schien ihn zu belasten. Er griff in den Schrank, warf zwei Hosen mitsamt den Bügeln in den Koffer. Es folgten Socken und Unterhosen, die Unterhemden entfalteten sich in der Luft und verfehlten ihr Ziel knapp. Er ging um sein Bett herum, nahm ein Buch vom Nachttischchen. Nun lag der Revolver alleine dort. Vater schaute ihn an. Er griff nach ihm, ging zurück zum Koffer, warf das Buch hinein. Den Revolver behielt er in der Hand. Vater blickte mich an, als wolle er etwas sagen. Ich sah in seinen Augen, wie er Anlauf nahm. Dann reichte er mir den Revolver. Die Waffe lag schwer in meiner Hand. So schwer, wie mir Vaters letzter Satz in den Ohren lag. Wenn er es nicht aushielt hier, was sollte *ich* dann sagen? Ich war viel mehr zu Hause als er. Vaters Bewegungen wurden immer hektischer, als hätte ihn jemand bis zum Anschlag aufgezogen und losgelassen. Kam er mir deshalb so weit weg vor? War er bereits unterwegs zu einer neuen Rolle? Weshalb nahm er mich nicht mit?

Die Fragen mussten sich nicht bitten lassen. Es hatte sich herumgesprochen, dass sie sich in meinem Kopf besonders ungezwungen geben konnten. Entsprechend zahlreich kamen sie und richteten sich ein. Vor Antworten mussten sie sich nicht fürchten, die machten einen weiten Bogen um mich. Manche Menschen haben einen Fragenüberschuss, andere haben auf alles eine Antwort. Weshalb sind die Fragen und Antworten so ungleich verteilt? Weshalb eilte Vater durch den Garten? Ich stand auf dem Balkon und fühlte den altbekannten Klumpen in meinen Hals hochsteigen. Ich winkte, Vater schrumpfte. Ich war mir nicht mehr sicher, ob mir Vaters neue Rolle gefiel. Und ob Vater sie richtig verstanden hatte. Mr. C. schrumpfte zu Hause, er ging nicht weg. Er konnte gar nicht weg, er war ja im Keller gefangen.

Trotzdem gab er nicht auf, sondern kämpfte. Vater hingegen stieg in sein Auto und fuhr davon.

Zwei Tage später stand Vater wieder da. Etwas schiefer, aber er stand noch. Antworten brachte er keine, bloss seinen Koffer, den Mutter auspackte. Vater verschwand im Keller, als wäre nichts gewesen, Mutter und ich sahen fern. Wir sahen nicht weiter als bis in den Keller. Hatten Mutter und ich dieselben Fragen? Konnte Kathrin sie auf ihrem frisierten Töff abhängen oder hiessen sie sie beim Gartentor wieder willkommen? Weshalb tauschten wir unsere Fragen und Antworten nicht aus? Die Klebebildchen zur Fussball-WM brachte man auch nicht alleine zusammen. Wir ahnten wohl, dass es nichts zu tauschen gab. Dass wir alle dieselbe Lücke in unserem Antwortenalbum hatten. Da liessen wir die Fragen lieber in Ruhe und sahen zu, dass wir nicht im Wohnzimmer waren, wenn sie aus dem Keller hochkamen.

Ich blieb trotzdem im Sofa sitzen. Es war schliesslich halb elf an einem Samstagabend. Der Spätfilm handelte von Knochen werfenden Vormenschen, Walzer tanzenden Raumschiffen und wortkargen Astronauten. *2001: Odyssee im Weltraum*. Das passte. Ich hatte keine Ahnung, worum es ging, aber ich war froh, dabei zu sein. Schliesslich sieht man selten, wie aus einem Knochen ein Raumschiff wird. Aber was hatte der schwarze Monolith damit zu tun, der eines Morgens vor der Schlafhöhle der Vormenschen stand wie ein überdimensionaler Grabstein? Ein paar tausend Jahre später stand derselbe Monolith auf dem Mond, bestaunt von ein paar Wissenschaftlern. Sie hätten sich wohl am Kopf gekratzt, hätten ihre Raumhelme sie nicht daran gehindert. Da ging die Sonne über dem Mond auf, und wie ihr Licht auf den Monolithen fiel, begann dieser ohrenbetäubend zu pfeifen.

Achtzehn Monate später waren fünf Astronauten unterwegs zum Planeten Jupiter. Ausser dem Bordcomputer Hal wusste keiner von ihnen, dass sie einem geheimnisvollen Signal des schwarzen Monolithen folgten. Irgendwie erinnerte mich dieser Monolith an Vater. Welche Rolle spielte er eigentlich? Er verschwand und tauchte wieder auf, wie es ihm gerade gefiel. Und alle folgten seinen Signalen, ob sie es wahrhaben wollten oder nicht. Für die Astronauten gab es allerdings keinen Grund, sich zu beklagen. Sie lebten komfortabel in ihrem Raumschiff. Von innen glich es einem Hamsterrad, in dem es kein Oben und kein Unten mehr gab. Astronaut Frank konnte die Innenseite des Rads entlangjoggen, ohne Probleme mit der Schwerkraft zu bekommen.

Ich fühlte mich wohl in diesem futuristischen Flugobjekt, in dem alles leichter ging. Bordcomputer Hal nahm den Astronauten ja auch den grössten Teil ihrer Arbeit ab. Nur wenn es etwas am Raumschiff zu reparieren gab, waren die Astronauten gefordert. Besonders wenn es dessen Aussenseite betraf. Dann stieg einer in eine der kugelrunden Raumgondeln und machte sich auf ins All. An der defekten Stelle des Mutterschiffs angekommen, musste der Astronaut aussteigen. Spätestens dann wurde es ungemütlich, was Frank in seinem gelben Raumanzug deutlich vor Augen führte. Im Weltall draussen gab es keinen Halt.

Das schien Vater nicht zu beeindrucken. Er schwebte ins Wohnzimmer, wie Frank dies im Fernseher vormachte. Auf allen vieren, als liessen sich die verzögerten Gebärden so besser imitieren. Diese künstlerische Freiheit durfte er sich nehmen, im Gegensatz zu Frank musste Vater mit jeder Bewegung noch die Erdanziehung überwinden. Er atmete auch schwerer als der Astronaut, obwohl er keinen Raumanzug trug. Anstatt des klobigen Ersatzteils, das Frank wie ein Damentäschchen in der Hand hielt, hatte Vater eine Weinflasche dabei. Er stützte sich auf sie wie auf einen Stock, der ihn jedoch mehr hinderte, als er ihm half. Sein erster Versuch, sich auf den Ohrensessel zu hieven, scheiterte. Er blieb am Fussende sitzen und schaute in den Fernseher. Doch seine Augen konnten sich auf keine gemeinsame Blickrichtung einigen. Vater war völlig in seiner Rolle, jede Faser seines Körpers übte die Schwerelosigkeit. Er nahm einen zweiten Anlauf, in seinen Sessel hochzukommen. Vergeblich. Frank hingegen hatte den entlegenen Winkel des Raumschiffs erreicht, wo sein Ersatzteil hingehörte. Da schlich sich seine Raumgondel von hinten an, die Zangen ihrer Greifarme bedrohlich geöffnet.

Kurz darauf zappelte Frank durchs Universum. Er langte vergeblich nach dem durchtrennten Schlauch, der ihm einst den Sauerstoff zugeführt hatte. Mit einem Auge verfolgte Vater, wie der Astronaut sich langsam beruhigte. Vater schloss das zweite Auge, sein Kopf sank auf das Sitzpolster, sein Mund blieb einen Spaltbreit offen. War ihm wie Frank die Luft ausgegangen? Ich stand auf, ging einen Schritt auf Vater zu. Seine rechte Hand zuckte, sie umfasste den Hals der Weinflasche nur lose. Nun packte sie noch einmal zu, die Flasche hob ein paar Zentimeter vom Teppich ab. Ein Fehlstart. Die Hand glitt dem Glaskörper entlang zu Boden, die Flasche fiel um. Vater lehnte an der Sitzkante seines Sessels, neben seiner rechten Hand wuchs ein Rotweinfleck. Frank trieb reglos durch den Kosmos, der durchtrennte Schlauch stand von seinem Helm ab. Dem Weltall nutzte der Sauerstoff genauso wenig wie der Wein dem Wohnzimmerboden, dachte ich, während Astronaut Dave in eine Raumgondel stieg.

Ich schaute auf die umgekippte Flasche hinab, ihr Hals tröpfelte nur noch. Vaters Sauerstoffzufuhr war gekappt. Ich hob die Flasche auf. Wollte Vater mit mir proben? War ich Dave, der seinem Kollegen Frank zu Hilfe eilt? Die Flasche in meinen Händen zitterte, ihr Pegel stand bei knapp einem Drittel. Ich setzte sie an Vaters Mund an, kippte sie. Schluck für Schluck lief der Sauerstoff in ihn hinein. Plötzlich kam Vaters Kopf hoch, er hustete, seine Augen rollten in alle Richtungen, als suchten sie den Bildschirm. Daves Raumgondel hatte eben den toten Körper im Raumanzug erreicht.

Vater konnte zufrieden sein mit mir. Immerhin lebte er noch. Seine Arme schwebten wie die Greifer der Raumgondel auf mich zu, als wollten sie mir danken. Doch sie zielten auf die Flasche in meinen Händen. Hatte Vater die Rolle gewechselt? Gab er nun die Raumgondel und die Flasche den toten Frank? Und ich? Weshalb konnte nicht ich den toten Frank spielen? So gut wie eine Flasche war ich! Hatte ich Vater nicht eben das Leben gerettet? Er konnte mich jetzt nicht einfach zu einem Stück Weltraum degradieren! Aber mehr als die Raumgondel, Frank und das All war auf der Mattscheibe nicht zu sehen.

Dave barg den toten Frank, Vater die Weinflasche. Ich war enttäuscht. Und eifersüchtig. Auf eine Flasche. Ich hatte doch immer zu Vater gehalten! Hatte ihm einen Revolver mit Munition geschenkt und ihm gezeigt, wie man ihn lädt! Und nun das. Ein Stückchen Weltall. Das war weniger als Luft, das war gar nichts! Ich stützte meine Arme in die Seiten, Vater probte unbeirrt weiter. Die Flasche wartete vor seiner Brust wie Daves Gondel vor dem Mutterschiff. Denn Hal liess Dave nicht mehr an Bord. Da hatte es der Wein einfacher. Die Flasche schwebte in Richtung von Vaters Kopf, sein Kussmund suchte die gläserne Öffnung, dockte an. Saugte Vater an der Flasche oder die Flasche an Vater? Oder liess er all den Wein in sich hinein, um eines Tages in einer Flasche zu verschwinden?

Deshalb der schrumpfende Mr. C.! Durch einen Flaschenhals musste man ja erst mal kommen! Vater hatte sein Lieblingsobjekt etwas sinken lassen, die Öffnung klebte an seinen Lippen. Wenn Vater in die Flasche hineinwollte, brauchte er Hilfe. Ich packte den Flaschenbauch, kippte ihn nach oben und stiess zu. Vater grunzte, ich murkste. Er verschwand trotzdem nicht in der Flasche, die Flasche verschwand in ihm. Wenigstens ihr Hals, der bereits ganz in seinem Mund steckte. Vater stöhnte und gurgelte, mein Herz pochte in den Ohren. Ich liess los. Die Flasche fiel zur Seite und blieb auf dem Sitzpolster liegen, sie war leer.

Dave sass in seiner Raumgondel und hypnotisierte die geschlossene Tür des Mutterschiffs. Er hatte noch immer sein Problem mit Hal, aber er hatte einen Plan. Vater hingegen schien nicht einmal zu wissen, ob er seine Augen offen halten oder schliessen wollte. Er hob seinen Kopf, ein Geiferfaden löste sich aus seinem Mundwinkel, tanzte wie ein Jo-Jo auf und ab und versickerte im Traineroberteil. Vater schaute auf den Bildschirm, Daves prüfender Blick erwartete ihn bereits.

Hatte ich Vater unrecht getan, hatte er auch Probleme mit seinem Bordcomputer? Das würde die Aussetzer erklären, die er bei seinem heutigen Auftritt gehabt hatte. Mit diesen Maschinen war nicht zu spassen. Hal hatte bereits Frank und die drei im Mutterschiff tiefgekühlten Astronauten ausgeschaltet. Nun wollte er auch noch Dave im Weltall draussen verenden lassen. Wenn es wirklich sein Hal war, der Vater zusetzte, musste er handeln.

Dave ging mit gutem Beispiel voran: Er sprengte sich durch die Notluftschleuse ins Mutterschiff zurück. Damit hatte nicht einmal Hal gerechnet. Er fragte Dave, was er vorhabe. Ohne zu antworten, machte sich der Astronaut an einer verriegelten Stahltür zu schaffen. Er wisse, dass bei ihm nicht alles in Ordnung gewesen sei, fuhr Hal mit ruhiger Stimme fort. Doch er könne ihm versichern, zuverlässig versichern, dass bald alles wieder vollkommen in Ordnung sein werde. Vaters Augen kippten zur Decke, dann langsam zurück in die Horizontale. Auf der Höhe meines Gesichts pendelten sie sich ein. Vater versuchte, mich anzusehen, sein

Gesichtsausdruck passte perfekt zu Hals flehender Stimme. Er fühle sich jetzt schon viel besser, beteuerte der Computer. Er könne es ihm glauben.

Sie logen beide, Hal wie Vater. Sie taten mir trotzdem leid. Dave öffnete die Tür, rotes Licht kam ihm entgegen. Er gebe ihm einen guten Rat, sagte Hal. Er solle sich eine Weile hinlegen, eine Beruhigungstablette nehmen und sich die Sache nochmals überlegen. Dave begann, die weissen Kassetten, die Hals Hirn enthielten, aus ihren Verankerungen zu lösen. Er wisse, dass er in letzter Zeit ein paar grobe Fehler gemacht habe, gab Hal zu. Doch er könne ihm die feste Zusicherung geben, dass er bald wieder ganz normal funktionieren werde. Er glaube noch immer mit der grössten Begeisterung und Zuversicht an das Unternehmen. Er möchte ihm helfen.

Während Dave fest entschlossen schien, den Computer zum Schweigen zu bringen, fühlte sich Vater von Hals Angebot angesprochen. Er sank zur Seite, stützte sich auf den Ellbogen. Mit einem Ruck rollte er sich auf die Knie. Vater atmete schwer. Nun nahm er Anlauf, auf die Beine zu kommen. Er solle es sein lassen, flehte der Computer, er solle aufhören. Vater hielt einen Moment inne. Dann kroch er auf allen vieren Richtung Wohnzimmertür. Er habe Angst, sagte Hal, seine Stimme klang schwächer. Ich stand auf und folgte Vater.

Er kniete am Fuss der Treppe und langte nach dem Geländer. Er klammerte sich fest, zog sich hoch. Vorsichtig setzte er einen Fuss auf die erste Stufe, er traute ihr nicht. Seine Hände fassten am Geländer nach, mit einem Ruck ging es weiter. So kam Vater bis zur Hälfte der Treppe. Dann hing er mit gestreckten Armen am Geländer, sein rechter Fuss zögerte in der Luft. Rückwärts wollte er nicht, vorwärts ging es nicht. Da kollabierte das linke Bein. Vaters Hände rutschten Zentimeter um Zentimeter am Geländer entlang abwärts, dann liessen sie los. Vater schlug rücklings auf die Treppe, verkeilte den Kopf in einer Stufe.

Einen Moment lang war es still. Nicht einmal Mutter rührte sich, sie hatte wohl eine Schlaftablette genommen. Dann setzte ein leises Surren ein. Ich konnte das Geräusch nicht orten, näherte mich dem regungslosen Körper. Auf einer Stufe breitete sich eine zähflüssige dunkle Masse aus, ein surrender Faden führte zu Vaters Kopf. Es war mehr als Blut, das da aus Vater herausdrang und bald die nächste Stufe erreichen würde. War das Vaters Hirn? Wollte er sich von seinem störrischen Bordcomputer befreien? Ich hörte, wie der schon arg geschwächte Hal Dave fragte, ob er ein Lied singen solle. Vater lag vor mir und surrte. Ich lauschte und überlegte. «Hänschen klein ging allein in die weite Welt hinein», sang Hal mit schläfriger Stimme. Ich ging zur Wohnzimmertür, schaute auf den Bildschirm. Dave löste die letzten Speicherkassetten aus ihren Halterungen, Hals Vortrag wurde immer schleppender. «Stock und Hut steht ihm gut, Hans ist wohlgemut.» Ich schaute zurück zur Treppe, der Hirnsee hatte sich auf die nächste Stufe ausgebreitet. «Aber Mutter weinet sehr, hat ja nun kein Hänschen mehr.» Hal war kaum mehr zu verstehen, doch ich kannte den Text.

Ich erkannte auch die Szene, die Vater spielte. Er gab Harry Lime in *Der dritte Mann,* lag angeschossen auf der Wendeltreppe, die ihn aus der Wiener Kanalisation hätte retten sollen. Da konnte ich niemand anderer sein als sein Freund Holly. Bei Vater wusste man nie, wer man zu sein hatte. War ich nicht eben zu einem Stückchen Weltall degradiert worden? Und jetzt gab mir Vater plötzlich eine Hauptrolle! Und improvisieren musste ich auch noch! Denn im Gegensatz zu Harry flehte Vater mich nicht an. Er lag einfach da und überliess mir die Entscheidung, ob ich ihn erlösen oder seinen Feinden ausliefern sollte. Hatte er mir deshalb den Revolver zurückgegeben? Sollte ich wirklich

Hollys Rolle übernehmen und dafür sorgen, dass er unter die Erde kam? Den Revolver bräuchte ich nicht einmal dazu. Ich müsste auch keine Speicherkassetten demontieren wie Dave. Ich müsste Vater einfach auslaufen lassen. Mein Herz klopfte, meine Hände waren feucht. Ich hatte Angst. Oder war das Lampenfieber?

Onkel Karls Krawatte war so schwarz wie sein Anzug. Sie sass an seinem weissen Hemdkragen wie ein fetter Käfer, der Onkel Karl an die glänzende Gurgel wollte. Doch dafür war es selbst dem Käfer zu heiss. Onkel Karl blickte auf den Sarg, der neben ihm aufgebockt war, als beneide er die Leiche darum, bald in der kühlen Erde liegen zu dürfen. Dann schaute er ins Publikum und begann zu sprechen. Von seiner Fassungslosigkeit, von seiner tiefen Trauer um seinen Bruder, die er mit allen in diesem Raum teile. Von seinem innigen Mitgefühl für Frau und Kinder. Von der immensen Lücke, die der Tote zurücklasse. Von seinem langen Leiden, seinem heroischen Kampf bis zuletzt. Von Erlösung. Onkel Karls Stimme erstickte, er griff nach dem schwarzen Käfer.

Ich versuchte mich zu erinnern, ob Onkel Karl den Käfereffekt bereits an Grossmutters Beerdigung eingesetzt hatte. Wie gewisse Sätze, die mir bekannt vorkamen. Sie waren so austauschbar wie die Toten. Ich hatte noch immer nicht begriffen, wer dort vorne in diesem Sarg lag. Und weshalb. Doch das machte jetzt keinen Unterschied mehr.

Ich schielte in Kathrins Profil. Sie schluchzte. Wie vor ein paar Wochen, als sie aus dem Spital nach Hause gekommen war. Sie hatte Götti Sämi besucht, der seine gewellten Haare alle verloren hatte. Sein Groll auf seinen Bruder, auf meinen Vater, war umso schwerer. Der habe sich alles erlauben können und sei immer heil davongekommen. Und er, der sich ein Leben lang bemüht habe, ein guter Ehemann und Familienvater zu sein, müsse um sein Leben kämpfen. Eine himmelschreiende Ungerechtigkeit sei das.

Wollte Götti Sämi, dass Vater seinen Krebs übernahm? Hätte er es dafür mit Vaters Flaschen aufgenommen? Ich hätte Götti Sämi diese Fragen gerne gestellt. Doch ich hatte mich nicht getraut, ihn zu besuchen, nachdem ich Kathrins Heimkehr aus dem Spital miterlebt hatte. Nun war mir der Tod zuvorgekommen. Er hatte die Ungerechtigkeit vollendet, die Götti Sämi angeprangert hatte. War das meine Schuld? Lag wirklich der Falsche in diesem Sarg?

Vorsichtig schielte ich in Vaters Profil. Die Narbe zog sich über seinen Schädel wie Stacheldraht, die dünnen Haare wuchsen zu spärlich, um diesen Grenzverlauf zu verdecken. Vater war mir noch immer so fremd wie vor ein paar Wochen, als ich ihn zum ersten Mal wieder gesehen hatte. Die Mediziner und Mutter meinten, dass seit dem Schädelbasisbruch nicht mehr alles stimme mit ihm. Wenigstens hatte die Operation seinen Hal so weit in Ordnung gebracht, dass Vater wieder aufrecht gehen, in eine Richtung schauen und sprechen konnte. Aber ein wesentlicher Teil von Vater war auf der Treppe liegen geblieben. Ich vermisste ihn, doch Mutter hatte ihn bereits weggeschrubbt. Nur noch ein Schatten war übrig.

Hätte ich Mutter doch nicht wecken sollen? Wäre es besser gewesen, Vater gemeinsam mit dem Astronauten Dave durchs Sternentor fliegen zu lassen? Wäre Götti Sämi dann noch am Leben? Ich versuchte mir vorzustellen, dass Vater im Sarg dort vorne läge und Götti Sämi in meiner Bankreihe sässe. Doch Onkel Karls Worte passten nicht zu Vater. Seit er in der Psychiatrischen Universitätsklinik war, passte überhaupt nichts mehr zu ihm.

Ich hatte ihn nur ein Mal besucht. Vater, Mutter und ich sassen an einem viereckigen Tischchen und schwiegen. Wie die meisten andern, die in der Cafeteria sassen. Sie rauchten, schauten auf den Boden, auf die Tischdecke oder in die Luft. Sie wirkten leblos. Selbst wenn sie gingen, kamen sie nicht vom Fleck. Sie hatten alle Probleme mit ihrem Hal. Nun hoffte man, dass sie sich hier mit ihm versöhnen würden. Ich traute der Sache nicht. Aus *2001: Odyssee im Weltraum* hatte ich gelernt, mich vor defekten Bordcomputern in Acht zu nehmen. Sonst schlossen sie einen aus dem Raumschiff aus und man sass im Weltall draussen, wie Mutter und ich in der Cafeteria der Psychiatrischen Universitätsklinik sassen.

Da trat ein Riese an unser Tischchen und fragte, ob wir ihm etwas offerieren würden. Seine Stimme klang ruhig und höflich, sie erinnerte mich an jene von Hal. Ein roter Morgenmantel bedeckte notdürftig seinen immensen Bauch, ein zu enges blaues T-Shirt mit einem grotesk verzerrten roten S spannte sich über seine Brüste. Den linken Daumen hatte er im mehrfach verknoteten Frotteegürtel eingehakt, die Klobürste in der rechten Hand war sein Gewehr. Er senkte seinen Kopf und lächelte mir unter seiner imaginären Hutkrempe hervor zu.

Der Mann liess keinen Zweifel offen, er war John Wayne. Dass der völlig anders ausgesehen hatte und zudem tot war, liess den Mann kalt. Er war trotzdem John Wayne. Er spielte ihn nicht, er lebte ihn. Da konnte sogar Vater noch etwas lernen. Der Mann legte die Klobürste auf den Tisch und setzte sich auf den freien Stuhl. Ich starrte auf das rote S.

«Das ist 1978 gewesen», sagte der Mann und schielte auf seine Brüste hinab. «Da war ich noch vierundfünfzig Kilo leichter. Da konnte ich noch fliegen.»

Er zog einen Mundwinkel etwas nach oben, ein Grübchen bildete sich in der Wange, der Rest des Gesichts blieb entspannt. Eindeutig das smarte Christopher-Reeve-Lächeln. Nun war er Superman, da gab es keine Diskussion. Aber schon war das Lächeln wieder weg, dafür kniff er seine

Augen zusammen und schaute mich an, als hätte ich ein Dutzend Hausgäste vergiftet und im Keller verscharrt. Er blickte verstohlen zu Vater, der die Klobürste auf dem Tisch studierte. Der Mann hielt die Hand neben den Mund.

«Wir sind nicht sicher hier», raunte er Vater zu.

Er senkte die Hand vor die Brust, streckte den Zeigefinger in Mutters Richtung und klappte ihn wieder ein. Vater löste seinen Blick von der Klobürste, Cary Grants weit aufgerissene Augen erwarteten ihn bereits. Sie warfen einen kurzen Blick auf mich und schwenkten sofort zu Vater zurück. Vater schaute mich an, als wolle er prüfen, wie gefährlich ich wirklich war. Dabei war *der* gefährlich! Was, wenn sich dieser Wahnsinnige plötzlich in Tarantula oder den weissen Hai verwandelte? Ich hatte Angst. Ich sehnte mich nach der Mattscheibe. Die schützte vor solchen Monstern, die alles andere waren als sie selbst.

«Geh schon vor, ich komme gleich.» Vaters Stimme klang nicht überzeugt, Peter Sellers stand trotzdem auf. Erst jetzt sah ich, dass er Pyjamahosen trug, seine Füsse steckten in Pantoffeln. Er zog an den Enden seines verknoteten Frotteegürtels, als wolle er einen Mackintosh-Regenmantel festzurren. Dann schritt er zur Glastür, zögerte einen Moment. Er war unsicher, wie er diese Herausforderung angehen sollte. Beherzt griff er nach der Falle und riss die Tür auf, als hätte er jemanden dahinter erwartet. Er blieb im Rahmen stehen und schaute zu Vater zurück, verdutzt und bestätigt zugleich, wie es nur Inspektor Clouseau konnte. Dann verliess er die Cafeteria.

Meine Hände waren eiskalt. Ich schaute zu Vater, der wieder die Klobürste auf dem Tisch betrachtete. Er hatte auch immer wieder die Grenzen zwischen dem Fernseher und unserer Stube zerfliessen lassen. Wollte er etwa schon immer hierher? Ich blickte mich um. War Vater wirklich einer von denen? Hielt er es hier besser aus als zu Hause?

«Hol mich hier raus», murmelte Vater. Ganz leise, als traue er diesem Wunsch selbst nicht. Mutter schien ihn nicht gehört zu haben, sie wartete auf einen ihrer Busse.

Nun war Vater raus, wenigstens für ein paar Stunden. Sämis Sarg rollte vor uns her, verfolgt von einer düsteren Kolonne, die sich hier dehnte und dort verdichtete, als wolle sie sich selbst auf die Zerreissprobe stellen. Vater scherte immer wieder aus. War er in einer seiner Rollen oder hatte er tatsächlich Probleme mit dem Gleichgewicht? Oder waren das Ausfallschritte, kleine Fluchtversuche, die vom wachsamen Arm meiner Mutter vereitelt wurden? Sie würde Vater am Abend in die geschlossene Abteilung bringen. Um ihn vor sich selbst zu schützen, wie Mutter betonte, als müsste sie sich entschuldigen. Dabei war ich froh, dass Vaters Abteilung geschlossen war.

Als Vater weg war, änderte sich die Farbe der Flaschen. Er hatte Grün bevorzugt, Mutters Flaschen waren durchsichtig. Sie mochte es hochprozentig. Sie brauchte das für ihre neue Rolle, die sich mit Bette Davis' explosiven Charakteren durchaus messen konnte.

Die grossen Szenen trug Mutter mit Kathrin aus. Ich zog mich dann in mein Zimmer zurück, legte eine Filmmusik auf und erfand neue Besetzungen für die Klassiker, die an meinen Wänden hingen. *Casablanca* mit Ingrid Bergman und Buster Keaton. *Rocky* mit Woody Allen. *Der dritte Mann* mit Joseph Cotten, Alida Valli und Vater. So suchten wir alle unseren Ausgleich. Wie hätte sich Mutter sonst mehrmals pro Woche in jene Cafeteria setzen können, in der alles stillstand? Irgendwie musste sie ihre Welt wieder in Schwung bringen. Wie Vater damals, wenn er von der Arbeit nach Hause kam.

Ich sah Mutter nie trinken. Ich witterte den Alkohol, noch bevor ich ihn in einer zerdehnten Silbe hörte. Und ich wusste, wo er hinführte. Das wusste auch Mutter. Arbeitete sie etwa heimlich darauf hin, zu Vater ziehen zu dürfen? Da konnte sie alleine gehen. Ich würde rennen, so schnell und so weit ich konnte.

Darin hatte ich Übung seit jenem Abend, als Vater auf der Treppe gelegen war. Er lief aus, ich lief ins Schlafzimmer hoch. Dann wieder hinunter, auf die Strasse hinaus durch die Nacht, bis ich die Lichter des Sanitätsautos flackern sah. Ich rannte vor ihm her wie eines jener Fahrzeuge, die gelandete Flugzeuge zu ihren Parkplätzen führen. Dann rannte ich einfach weiter, wenn nicht mit den Beinen, dann in Gedanken. Bald kannte ich unseren Wald und meinen Kopf bei jedem Wetter. Ich war erst dreizehn, die anderen Läufer grüssten mich trotzdem, wenn ich sie überholte. Mit meinen Gedanken hielt ich nicht immer mit. Aber ich hielt sie aus. Oder in Schach. Ich wusste, dass ich notfalls rennen konnte und mich keiner so schnell einholte.

Als Kathrin zu ihrem Freund flüchtete, flüchtete ich in die Mansarde. Ich kaufte mir einen alten Fernseher und ein Videogerät. Danach war ich pleite, aber ich ging ohnehin kaum aus. Wenn ein Abspann über den Bildschirm lief, hatte ich die nächste Videokassette bereits in der Hand. Ich vergalt das Ende einer Illusion mit dem Anfang einer andern. Nach dem vierten Film war trotzdem fertig. Ich fühlte mich leer. Tranken Alkoholiker, um dieser Ernüchterung zu entkommen? Weshalb war das Ende eines Hochs immer ein Tief? Gab es da keine Brücken dazwischen? Oder Zahnrad- oder Seilbahnen, die einen schnell wieder hinaufbrachten? Weshalb bildeten wir keine Seilschaft in unserer Familie wie die Alpinisten? Wir kletterten doch alle am selben Berg. Vater hing am Seil, Mutter sicherte ihn, Kathrin biwakierte und ich balancierte auf einem Grat.

Dass Vater abgestürzt war, begriff ich erst, als ich ihn wieder in seinem Ohrensessel sitzen sah. Die Narbe schien auch nach über einem Jahr noch durch sein schütteres Kopfpelzchen. Sein Gesicht war gedunsen, sein Rumpf wie ausgestopft. Mir wurde schlecht. Vater war mit fünfzig dort angekommen, wo ich ihn als naiven Knaben vermutet hatte: auf dem Müll. Nun wartete er, bis man ihn gemeinsam mit seinem abgewetzten Ohrensessel entsorgen würde.

Weshalb hatte Mutter dieses Wrack zurückgeholt? Damit es die ganze Zeit dasitzen und die Zeitung halten konnte? Was waren das für Hilfsarbeiten, für die er morgens ins Büro fuhr? Seine alte Position hinter dem Panzerglas war längst vergeben. Leerte er Abfalleimer? Trinken durfte Vater nicht mehr. Dafür schluckte er jeden Morgen seine Medikamente.

Ich hatte eben meinen ersten Schullauf gewonnen und keine Lust auf diesen Vater. Ich fühlte, wie ich auf Touren kam. Die Klimmzüge und Liegestützen begannen sich an meinem Körper abzuzeichnen, ich erhielt Konturen, wurde sichtbar. Ich war nicht mehr der Letzte auf dem Turnhallenboden, wenn die Fussballmannschaften gewählt wurden. Nicht weil ich besser Fussball spielte, sondern weil ich als Erster vor dem gegnerischen Tor ankam. Weil ich Gel in den Haaren und die richtigen Turnschuhe an den Füssen hatte und jeden Sonntag die Hitparade hörte. Und weil ich mich wie kein Zweiter mit Filmen auskannte. Seit alle ins Kino gingen, war ich zu einer Autorität geworden. Dass ich diese Autorität dem Wrack im Ohrensessel verdankte, war so unwichtig wie das Wrack selbst.

Je klarer meine Konturen wurden, desto mehr verblasste Vater. Bis er eins wurde mit seinem Ohrensessel. Wir redeten nicht mehr mit Vater, wir redeten nur noch über ihn. Mutter legte ihm morgens die Kleider bereit und ass am selben Tisch wie er, doch sie musterte ihn wie ein fremdes Wesen, dessen Gattung sie vergeblich zu bestimmen versuchte.

Eines Tages tauchte Harry auf, wohl nicht zufällig in einem Stück direkter Rede. Vater fragte Harry nach seiner Meinung und antwortete gleich selbst mit Harrys frischer Stimme. Mutter fand diese Selbstgespräche komisch. Ich erkannte Harry Lime sofort. Doch ich wollte ihn nicht mehr. Ich hatte meinen eigenen Fernseher, auf den war Verlass. Der sendete, was im Fernsehprogramm angegeben war. Bei einem aus der Psychiatrischen Universitätsklinik wusste man nie, was als Nächstes kommen würde.

Ich war nicht der Einzige, der so dachte. Vater musste bald nicht mehr ins Büro. Nun hatte er bis an sein Lebensende frei. Vater und Mutter feierten diese Nachricht mit denselben Mitteln, wenn auch nicht am selben Ort und zur selben Zeit.

Vater machte den Anfang. Von seinem letzten Arbeitstag kam er eine Stunde später nach Hause. Im Taxi, das Hemd und die Hose trieften vor Erbrochenem, Vaters Gesicht war rot und noch aufgedunsener als sonst. Er zitterte am ganzen Leib, Schweiss glänzte auf seiner Stirn. Der Taxifahrer nannte einen namhaften Betrag, die Hasenburg sei schliesslich nicht gleich um die Ecke. Mutter brachte Vater ins Bett, dann telefonierte sie der Psychiatrischen Universitätsklinik. Das sei alles normal. Mutter müsse sich keine Sorgen machen. Das dauere noch ein paar Tage, dann sei alles wieder gut. Jetzt wusste Vater, wie die Pillen wirkten, die er jeden Morgen zu sich nahm.

Mutter ging es nicht viel besser, auch ohne Pillen. Sie sass im Sofa und schaute in die Nacht. Ich wusste, dass sie sich im Fenster spiegelte. Und dass sie Mühe hatte, auf ihr Bild zu fokussieren. Sie sprach auch verschwommen.

«Ich habe einen anderen Mann geheiratet.»

Ich schwieg. Was hätte ich sagen sollen? Das wusste sie besser als ich, wen sie geheiratet hatte. Ich rannte die Treppe hoch am Schlafzimmer vorbei, in dem der andere Mann lag, dann weiter in meine Mansarde. Als ich mich aufs Bett warf, lief der Vorspann von *Einer flog über das Kuckucksnest* bereits.

Den Stillstand, den ich aus Vaters Klinik kannte, sah ich in dieser psychiatrischen Anstalt nicht. Obwohl die Räume vergittert waren und die Insassen alle dieselben Kleider trugen. Waren es die hellbeigen, pyjamaartigen Klamotten, die diese Irren so harmlos erscheinen liessen? Der Irrsinn wirkte bedrohlicher, wenn er sich selbst kleiden durfte. Wie Vaters Anstaltskollege in seinem Morgenmantel und Superman-T-Shirt. Einen derart schillernden Charakter, bei dem man nie wusste, wer er als Nächster sein würde, gab es in *Einer flog über das Kuckucksnest* nicht. Entweder waren die Patienten nicht ansprechbar wie der gigantische Indianer Chief Bromden. Oder sie hatten Probleme wie Billy Bibbit, der mit Mitte zwanzig noch eine Jungfrau war. Bis Jack Nicholson alias McMurphy eingewiesen wurde.

Die Psychiater zweifelten an McMurphys Wahn. Sie vermuteten, dass er sich hatte einliefern lassen, um den Rest seiner Gefängnisstrafe in Ruhe absitzen zu können. Sie hatten recht. Aber McMurphy war nicht der Einzige, der sein Irrsein spielte. Chief Bromden konnte hören und sprechen, doch das zeigte er nur McMurphy. Im Gegensatz zu seinem Freund geriet der Chief jedoch nie in Verdacht, er simuliere. Genauso wenig wie Vater.

Diese Einsicht kam mir beiläufig, wie eine einfache Addition, bei der es nichts zu überlegen gab. Das Ergebnis war monströs. Vater spielte immer noch! Und wie! Selbst ich hatte geglaubt, er wäre irr. Vaters Psychiater offensichtlich auch, sonst hätte er ihn nicht aus dem Erwerbsleben ausgemustert. Das war zweifellos Vaters grösste schauspielerische Leistung, vom Treppensturz über das Jahr in der geschlossenen Abteilung bis zu seinen Selbstgesprächen mit Harry. Da wäre wohl selbst Jack Nicholson beeindruckt ge-

110

wesen. Vater hatte es geschafft. Er musste weder hinter sein Panzerglas noch in die Psychiatrische Universitätsklinik zurück. Er war frei.

McMurphy hingegen wurde eines Abends mit je einer Narbe in den Geheimratsecken zurück in seine Abteilung gerollt. Er erkannte Chief Bromden nicht mehr. Der Indianer wusste, was das bedeutete. McMurphy hatte das Spiel verloren, die Klinik einen echten Patienten gewonnen. Chief Bromden erstickte seinen Freund mit einem Kissen. Einem McMurphy, der kein McMurphy mehr war, musste geholfen werden.

Dafür war mir jetzt nicht mehr zu helfen. Meine Euphorie über Vaters triumphales Comeback schlug in Panik um. Ich sah McMurphys Narben und dachte an den Stacheldraht auf Vaters Schädel. Was war nun mit Vater? Spielte er oder spielte er nicht? War er tatsächlich so gut wie ein Jack Nicholson? Oder hätte ich Vater helfen sollen? Hätte ich ihn auf der Treppe auslaufen lassen müssen?

Ich hatte Angst. Angst vor Vater. Ich hatte keine Ahnung mehr, wer er war. Der Chief riss die marmorne Hydrotherapiestation aus ihrer Verankerung, warf sie durch ein vergittertes Fenster und stieg in die Freiheit. Ich sass auf meinem Bett und schaute zu, wie der Indianer in die Wildnis rannte.

Da zog ich meine Turnschuhe an und rannte die dunkle Treppe hinunter in den Keller. Vaters Hemd und Hose hingen gewaschen an einer Leine. Ich lief die Kellertreppe hoch und durch den Garten, öffnete das Tor und schaute zurück. Unser Reihenhäuschen stand friedlich am Hang, nichts unterschied es von den Nachbarhäuschen links und rechts. Das war das Problem. Von aussen sah alles harmlos aus. Ich beschloss, dass mein Haus keine Vorhänge haben würde. Dann rannte ich weiter.

Epilog

Mutter hatte den Anruf vom Kantonsspital erwartet, Vater fehlte wieder einmal. Sie war bis um elf aufgeblieben, hatte nochmals einen Blick in sein Zimmer geworfen. Vielleicht lag er hinterm Bett, es wäre nicht das erste Mal gewesen. Dann hatte sie sich schlafen gelegt. Am nächsten Morgen war Vaters Bett noch immer unberührt. Da hatte Mutter gewusst, dass spätestens nach dem ersten Kaffee das Telefon klingeln würde.

Seit Jahrzehnten fürchtete sie sich vor dem letzten Anruf vom Kantonsspital. Vater sei am frühen Morgen schwer alkoholisiert auf dem Trottoir gefunden worden, würde die Stimme am andern Ende der Leitung sagen. Er sei seinen Verletzungen erlegen. Keine Überraschung, lediglich das Ende einer lebenslangen Routine. Mutter war trotzdem nicht bereit. Sie musste Vater noch vieles sagen, wenn sie den richtigen Moment dazu fände. Auch nach bald vierzig Jahren Ehe glaubte sie an diesen Moment. Sie glaubte an diesen Mann. Auch wenn er nicht mehr der war, den sie geheiratet hatte.

Sie hatte mit Vater auch eine Chance auf ein besseres Leben geheiratet. Auf ein Leben jenseits materieller Entbehrungen, auf ein grundsolides Familienleben in einer grundsoliden Stadt eines grundsoliden Lands. Dieser Chance blieb Mutter treu. Sie glaubte an ein glückliches Ende. Umso erleichterter war sie, als das Telefon klingelte und sie erfuhr, dass Vater die eine Hälfte der vergangenen Nacht besinnungslos betrunken auf einem Stück Asphalt, die andere auf der Intensivstation verbracht habe. Vorläufige Diagnose: eine gebrochene Zehe. Vaters Krankenakte strotzte vor Superlativen, eine solch banale Verletzung weckte den Argwohn der Ärzte. Sie ordneten gründlichere Untersuchungen an. Vater blieb im Spital, Mutter hatte frei. Aber sie fühlte sich nicht frei. Sie ahnte, dass da etwas Grösseres auf sie zukam.

Ich hörte es in ihrer Stimme. Das war nicht der scheue Anruf, den sie alle paar Monate wagte, um herauszufinden, wie es mir ging. Mutter war ausser sich. Einen solchen Rausch habe Vater schon ewig nicht mehr gehabt. Hie und da zwei Gläschen, wenn er einkaufen oder zur Fusspflege ging, akzeptierte sie. Hin und wieder übertrieb er es, aber irgendetwas musste man ihm noch lassen. Er sass seit sechzehn Jahren Tag für Tag zu Hause, und das Einzige, was sich in seinem Leben verändert hatte, war der Sessel, auf dem er sass. Umso mehr beschäftigte Mutter dieser brüske Rückfall in Zeiten, als Vater noch Teppiche mit seinem Blut tränkte. Obwohl ich den Zusammenhang zwischen einer gebrochenen Zehe und einem Schädelbasisbruch nicht sah, versprach ich Mutter, bald zu kommen. Dies war kein gewöhnliches Nachbeben.

Ich besuchte meine Heimatstadt sonst nur noch zum Weihnachtsfest. Ich mochte sie und gleichzeitig stiess sie mich ab. Mir gefiel, wie sich da Grössenwahn und Minderwertigkeitskomplexe mit einer Portion Selbstironie mischten. Das lag wohl daran, dass die Geschichte dieser Stadt grösser war als sie selbst. Berühmte Mediziner, Philosophen, Geistliche, Staatsmänner, die Pest und ein Erdbeben hatten einst in ihr gewirkt. Dann kehrte allmählich Ruhe ein, die grossen historischen Ereignisse geschahen anderswo. Vielleicht war es das, was mich an meiner Heimatstadt abstiess. Ich fühlte mich an meine eigene Geschichte erinnert.

Im Vergleich zu meinen ersten vierzehn Lebensjahren, in denen Vater mit seinen abenteuerlichen Filmrollen mein Leben in Schwung gehalten hatte, nahmen sich die letzten sechzehn Jahre harmlos aus. Ich hatte das Flüchten gelernt und in vielen Variationen geübt. Menschenflucht, Fahnenflucht, Stadtflucht, Landflucht, Gedankenflucht, Ausflucht. Ich wusste, dass man Menschen oder Orte hinter sich lassen konnte, ohne sie verlassen zu müssen. Und dass es Menschen und Orte gab, die nicht mehr so leicht von einem abliessen, wenn man sie einmal zuliess. Vor denen war ich besonders auf der Hut. Ich mochte es nicht, wenn ein Mensch oder ein Ort meine Stimmung zu bestimmen begann. Nach zwei Tagen war es jeweils höchste Zeit für mich, aus meiner Heimatstadt abzureisen.

Wir waren allesamt Fluchtspezialisten, Vater, Mutter, meine Schwester und ich. Kathrin hatte sich vor zehn Jahren auf einen anderen Kontinent abgesetzt, auch ich lebte in anderen Städten. Vater hatte es am weitesten weggetrieben. So weit, dass er sich nach sechzehn Jahren noch nicht wiedergefunden hatte. Jedes Mal, wenn ich ihn sah, hatte ich für einen Moment das Gefühl, er vermisse sich selbst. Und ich ihn. Hatte jemals jemand von uns Anstalten gemacht, Vater bei seiner Suche zu helfen? Wie schaffte es Mutter, Tag für Tag mit einem Menschen am Tisch zu sitzen, der sich selbst abhandengekommen war? Wusste er, dass sie noch an ihn glaubte?

Es war nicht einfach, herauszufinden, was Vater wusste. Ich kannte seine definitive Diagnose, als ich ihn im Spital besuchte. Vater hatte Krebs. Die gebrochene Zehe war lediglich ein letzter Scherz dieses geschundenen Körpers gewesen. Vater würde in wenigen Monaten sterben. Ob er das wusste, war alles andere als klar.

Wir sassen im Spitalgarten und tranken alkoholfreies Bier. Er konnte sich noch erinnern, wie er den Fusspflegesalon verlassen hatte. Auch die Fusspflegerin hatte er noch vor Augen. Doch weshalb ihn die Ambulanz vor jener Wirtschaft aufgelesen hatte, war ihm ein Rätsel. Da ginge er nie rein. Ich schaute in Vaters Augen. Meine waren gleich blau, trotzdem schienen wir die Welt komplett anders zu sehen. Er fixierte das Weiss an seinem Fuss, ich sah schwarz.

Je länger ich diesen Vater betrachtete, der selbst angesichts des Todes fadenscheinige Ausflüchte suchte, desto mehr verstand ich Mutter. Wie konnte man einem Menschen helfen, der sich nicht helfen liess? Er tat mir leid. Und er machte mich wütend. Denn er löste denselben Reflex in mir aus, der ihn dorthin gebracht hatte, wo er war: den Fluchtreflex. Ich verspürte den unbändigen Drang, das Thema zu wechseln. Möglichst weit weg von allem, was mit ihm und uns und seinem Tod zu tun hatte. Der altbekannte Kloss stieg meine Speiseröhre hoch. Vaters Krebs hatte sich dasselbe Organ ausgesucht. Ich schluckte. Dann fragte ich Vater, ob man ihm nicht gesagt habe, dass er bald sterben würde?

Er blickte mir in die Augen, dann zum Nebentisch, an dem ein paar Ärzte Pause machten, und streckte ihnen die Zunge heraus. Er wandte sich wieder zu mir und schmunzelte. Diese Ärzte mussten ihm vorkommen wie Mechaniker, die an einem Fahrzeug in immer kürzeren Abständen immer grössere Blechschäden behöben, ohne die defekten Bremsen zu reparieren. Vater hielt mir seinen linken Arm hin und deutete mit dem Zeigefinger seiner rechten Hand auf seine Uhr. Sie stand still. Ich fragte, ob sie kaputt sei. Vater schüttelte den Kopf. Weshalb sollte er sie noch aufziehen? Er lächelte.

Die Uhr habe seinem Vater gehört. Der hätte jetzt ein Gläschen mit ihm getrunken. Ob ich eins mit ihm nähme? Das sei mir noch zu früh, log ich. Vater nickte. Sein Vater habe bereits zum Frühstück eine Flasche geöffnet. Samstags, wenn Sämi nach Hause gekommen sei. Der habe da schon das erste Kind gehabt und sei knapp bei Kasse gewesen, da sei ihm der kostenlose Frühschoppen gerade recht gekommen. Sämi sei allerdings nicht mehr richtig geeicht gewesen. Nach ein paar Gläschen hätten sie ihn schon zum Auto begleiten müssen. Seine Frau habe sich vergeblich auf den Nachmittagsspaziergang gefreut, Sämi habe seinen

Rausch ausschlafen müssen. Vater grinste. Mir war, als sässen wir wie vor zwanzig Jahren gemeinsam im Wohnzimmer. Statt des Fernsehers lief Vater.

Ich würde ihn an Karl erinnern, sagte er. Der sei gestern vorbeigekommen und anfangs genauso steif dagesessen wie ich jetzt. Obwohl ich Onkel Karl seit Götti Sämis Beerdigung nicht mehr gesehen hatte, konnte ich mir vorstellen, wie sich die beiden Brüder gegenübergesessen hatten. Karl im gestärkten Hemd, mit einem Käfer bedrohlich nah am dünnen Hals, Vater im blauen Trainer. Auf der einen Seite ein pensionierter Vertreter weltlichen Erfolgs, auf der andern eine lebende Verfallsstudie im Endstadium. Es war nicht die Gegenwart, die die beiden verband.

Nach einer Stunde habe Karl den Kopf in den Nacken geworfen und über die alten Zeiten gelacht. Da habe er seinem Bruder geraten, er solle sich die Zähne richten lassen. Wie er das meine, habe Karl wissen wollen. Vater legte seinen Kopf in den Nacken, öffnete den Mund, zog die Lippen zurück und deutete mit dem Zeigefinger auf seine gelbbraunen Schneidezähne. Tankfalle nannte Vater seine Zahnreihen und meinte damit jene schräg in der Landschaft stehenden Steinblöcke, die den Panzern die Durchfahrt erschwerten. Der Feind komme von innen!

Über vergangene Zeiten hätten sie gelacht, Karl und er, über die jungen Jahre und was das Alter gebracht habe. Über frische Erinnerungen und ihre Protagonisten, die nicht mehr so frisch, wenn nicht gar verwest waren. Auch Karl verlor trotz gesunder und üppiger Ernährung Gewicht. Das sei wohl der Grund gewesen, weshalb er ihn so schnell besucht habe. Er habe sehen wollen, wer zuerst an der Reihe sei.

Wie vor fünfundvierzig Jahren, als sie gemeinsam Karls Haus gebaut und nach der Arbeit ihre Kleider und dann sich selbst gewaschen hatten. Karl habe behauptet, die Flasche habe an der Wäscheleine gehangen und sie hätten sich für jedes zum Trocknen aufgehängte Kleidungsstück einen Schluck Wein gegönnt. Vater hatte das anders in Erinnerung. Die Flasche sei am waagrechten Teil der Wasserleitung befestigt gewesen, die die improvisierte Dusche gespeist habe. So konnte der Duschende seinen Wein mit einem Handgriff erreichen. Und nicht für jedes Kleidungsstück an der Wäscheleine hätten sie die Flasche angesetzt, sondern für jeden gereinigten Körperteil. Was regelmässig so weit gegangen sei, dass ein gewisser Teil von Karl nicht mehr auf den Körper seiner Frau reagiert habe. Vater zwinkerte mir zu.

Ich war zu baff, um sein Zwinkern zu erwidern. Es gehörte zu jenem anderen Vater, der an einem fernen Samstagabend ausgelaufen und nicht mehr aufgekreuzt war. Nun sass er plötzlich vor mir. Was sollte ich tun? Mit ihm reden? Das hatte ich noch nie getan. Zumindest nicht als Erwachsener. Wir hatten Floskeln ausgetauscht, uns begrüsst und verabschiedet. Hin und wieder hatte er eine seiner fantastischen Geschichten erzählt, um McMurphy nicht aus der Übung kommen zu lassen. Und jetzt sollte ich reden mit ihm. Eine Frage stellen, auf die ich eine Antwort erwartete. Ich war überfordert, es meldeten sich zu viele Fragen aufs Mal. Ob ihn noch ein anderer seiner Brüder besucht habe? Es war eine Notlösung.

«Ja, der Christoph ist vorbeigekommen letzte Woche. Wir haben über unsere gemeinsame Zeit in Rom gelacht. Frühjahr 1959 war das. Hatten wir einen Durst gehabt. Ich konnte ihn ausschlafen, aber Christoph musste frühmorgens wieder raus. Er zimmerte an den Kulissen von *La Dolce Vita*, weisst du. Eigentlich wollte er zur Schweizergarde, aber so geht es eben. Eines Morgens nahm Christoph mich mit nach Cinecittà. Er sägte Bretter zu, ich sass an einem Tischchen in der Kulisse eines Cafés. Die bauten die halbe Via Veneto nach, diese Wahnsinnigen. Da kam Fellini und bot mir eine Rolle an. Sie war nicht anspruchsvoll, doch ich war die Idealbesetzung: Ich sass da, rauchte und trank. Wohlgekleidete Menschen schlenderten auf und ab, hin und her, an den Tischen diskutierte man oder versuchte, meinem Vorbild zu folgen. Das Zentrum der Szene lag etwas weiter vorne. Dort ass ein etwa sechzigjähriger Mann alleine an einem Tisch. Sein Sohn Marcello fuhr in einem schicken Cabrio heran und setzte sich zu ihm. Der gefiel mir, dieser Marcello. Und dem Marcello gefiel die Anita. Doch schon bald nannte er sie Anitone, irgendwie wurde sie ihm zu viel. Da nahm ich sie ihm halt ab. Hatte dann alle Hände voll zu tun, kannst du dir ja vorstellen.

Sie schlenderte gerne durch die Römer Altstadt, mitten in der Nacht, wenn nur noch die Katzen unterwegs waren. Die liebte Anita über alles, besonders die kleinen weissen. Sie setzte sich die Fellknäuel auf den Kopf und wunderte sich, dass sie miauten. Ich besorgte dann Milch für die Kätzchen und Champagner für Anita. Unsere Spaziergänge endeten meist beim Trevi-Brunnen. Einmal fragte ich sie, ob sie sich nicht etwas abkühlen wolle. Das war natürlich nicht ernst gemeint, doch Anita stieg mitsamt ihrem Cocktailkleid in den Brunnen. Sie wandelte durchs Wasser, drehte Pirouetten und warf die Hände hoch, dass es spritzte. Unter den rauschenden Kaskaden blieb sie stehen und streckte beide Arme nach mir aus. Ich seufzte, stellte die leere Champagnerflasche auf den Brunnenrand und zog die Schuhe aus. Dann watete ich auf Anita zu, die Hosen klebten an meinen Beinen, mein Jackett wurde schwer. Ich hätte romantisches Talent, meinte sie, liess ihren Kopf in den Nacken sinken und schloss die Augen. Die Szene war filmreif.

Ich hatte nichts dagegen, dass Anita Fellini davon erzählte. Er hielt sich bei seiner Inszenierung auch erstaunlich treu an unsere Vorgabe. Anita wollte unbedingt, dass ich Marcellos Part übernehme, doch ich lehnte ab. Ich probte lieber.»

Er hielt inne, seine Augen folgten einem Arzt, der sich zu seinen Kollegen setzte. Vater nickte ihm zu, der Arzt erwiderte den Gruss.

«Der ist in Ordnung. Der wird meinen Tod feststellen. Schon alles geregelt. Er heisst Dr. Winkler.» Vater zwinkerte, ich war noch im Trevi-Brunnen. «Dr. Winkler, du weisst schon. Der hat doch Harry Limes Tod festgestellt. Und dann lag ein anderer im Grab. Das wär doch was, oder?»

«Was?» Vater war mir zu schnell heute.

«Wenn Dr. Winkler meinen Tod feststellen würde.» Er zwinkerte wieder.

«Der hiess Dr. Winkel, nicht Dr. Winkler. Wenn du vom *Dritten Mann* sprichst.»

«Bist du sicher?»

Ich nickte, obwohl Vater eben dafür gesorgt hatte, dass überhaupt nichts mehr sicher war. Nicht einmal der Tod. Vater schmunzelte.

«Gehn wir jetzt einen heben?», fragte er. «Aber einen echten, in der Beiz.»

Er hiess wirklich Dr. Winkel, der Arzt aus *Der dritte Mann,* der Harrys vermeintlichen Tod festgestellt hatte. Die Geschichte mit *La Dolce Vita* war nicht so eindeutig zu klären. Es wäre einfacher gewesen, sie in Gesellschaft ihres Urhebers herunterzuspülen als die ganze Nacht lang eine Videokassette vor- und zurückzuspulen. Ich bereute, dass ich Vaters Frage nicht mit Ja beantwortet hatte. Wir waren noch nie einen heben gegangen. Wir hatten überhaupt noch nie zusammen gesoffen. Vaters Kernkompetenz war ein Tabu geblieben. Er hingegen förderte meine Filmpassion bereitwillig. Weshalb hatten wir uns nicht an der Spitalpforte vorbeigestohlen, uns in eine Kneipe gesetzt und volllaufen lassen? Um Vaters Gesundheit brauchte ich mir keine

Sorgen mehr zu machen. Dann schon eher um meinen Verstand.

Nicht dass ich nur ein Quäntchen Wahrheit in Vaters Fellini-Anekdote vermutet hätte. Ich konnte seinen Auftritt als Statist aber selbst im Standbild nicht widerlegen. Hatte mir Vater aus unserer gemeinsamen Vergangenheit zugewinkt oder war das lediglich die Abschiedsvorstellung eines zerrütteten Geistes gewesen? Selbst wenn er seinen Auftritt bei Fellini erfunden hätte, Vaters Gedächtnis funktionierte bewundernswert präzis. Was sollte ich mit dieser Darbietung anfangen? Wollte ich nochmals einen neuen Vater, so kurz vor seinem letzten Abgang?

Ich unterzog diese drängenden Fragen wie gewohnt der Geduldsprobe. Es ging nicht um meine Geduld, sondern um jene der Fragen. Ich hatte gelernt, mit ihnen umzugehen. Die meisten gaben auf. Jene, die blieben, waren vor lauter Warten irgendwann so ermattet, dass ich sie mit einer Allerweltsantwort bodigen konnte. Wenn eine Frage nicht müde werden wollte oder stärker aufzukommen drohte, zog ich meine Joggingschuhe an. Ich war auch mit dreissig noch schneller auf den Beinen als die meisten meiner Fragen.

Das Treffen mit Vater entpuppte sich als Hinterhalt, aus dem es kein Entkommen zu geben schien. Meine Vaterfragen würden ihre sechsundsechzigjährige Verkörperung überleben. Ich musste mich ihnen stellen, am besten, solange Vater noch lebte.

Als ich mich dazu durchgerungen hatte, Vater ein weiteres Mal im Spital zu besuchen, wartete er mit einer nächsten Überraschung auf. Er hatte sich zu einer Chemotherapie überreden lassen, die ihm noch ein paar Lebensmonate schenken sollte. Nun liess er seine Organe von der Leine und allen Körperfunktionen freien Lauf, als mache er sich über die Pillen lustig, die an ihm getestet wurden. Er lag in seinem Spitalbett, den Kopf energisch zur Seite gedreht, sein Kiefer war so entspannt wie der eines Tenors beim hohen A. Nur der Klang, der aus diesem Rachenraum kam, war nicht bühnenreif. Es war, als schlafe Vater einen gewaltigen Rausch, als schlafe er sein ganzes Leben aus. Seine rechte Hand lag auf dem weissen Laken, die Schläuche verschwanden im Pyjamaärmel. Die Narbe schimmerte auch nach all den Jahren noch durch das schüttere Haar. Wir waren am Ende von *Einer flog über das Kuckucksnest*. Vater gab den hirnoperierten McMurphy, ich Chief Bromden, der gleich das Kopfkissen auf das Gesicht seines Freundes drücken würde. Ich hob meine Hand und führte sie vorsichtig über Vaters Kopf. Ich fühlte seine Wärme auf meiner Handfläche. Da kam mir mein Weckdienst in den Sinn. Ich wusste nicht mehr, wann sich diese Zeremonie verloren hatte. Sie führte sich auch von selbst wieder ein. Ich strich Vater drei Mal mit der Hand über den Kopf. Nicht dass ich erwartet hätte, dass Vater die Augen öffnen würde, es war nicht Mittag und er musste nicht mehr zur Arbeit. Aber ich glaubte ein Lächeln zu erkennen durch das Schnarchen hindurch, eine etwas erhöhte Spannung auf den weit geöffneten Lippen.

Eine halbe Stunde später stand ich auf einem Bahnsteig und Dr. Winkler teilte mir durch mein Mobiltelefon mit, dass Vater vor dreissig Minuten gestorben sei.

Ausgerechnet Dr. Winkler.

Mutter sass im Sofa und wartete auf einen ihrer Busse. Wie oft schon war sie so dagesessen und hatte gehofft, dass ihr Mann heil nach Hause käme? Schon am Morgen ihrer Ziviltrauung vor bald vierzig Jahren war das so gewesen. Um fünf hatte er an die Tür gepoltert, sturzbetrunken. Als Mutter ihm die Leviten las, meinte er, sie müsse ihn ja nicht heiraten. Diesem Ratschlag wäre sie wohl gefolgt, wären da nicht eine gemeinsame Wohnung, gemeinsam erstandenes Mobiliar und all die gemeinsamen Pläne gewesen. Mutter liebte diesen Mann. Konnte er etwas dafür, dass er ausgerechnet am Abend vor der Ziviltrauung einen alten Freund traf, der von allem nichts wusste? Sie durfte das nicht so eng sehen. Wenn sie einmal verheiratet wären und Kinder hätten, würde das anders. Als es schlimmer wurde, trug Mutter den Wein nach Hause. So wusste sie wenigstens, wo Vater war, und musste keine Angst haben, er liege irgendwo. Billiger war das auch, schliesslich hatte er jetzt eine Familie zu ernähren.

Mutter hatte durch dick und dünn zu ihrem Mann gehalten. Sie hatte sich immer wieder gefangen, wenn er einmal mehr gestürzt war. Selbst seinem Durst hatte sie sich hingegeben, als hätte sie ihn an seiner Stelle löschen wollen. Jetzt war Vater weg, jetzt konnte sie sich nicht einmal mehr um ihn sorgen. Nur dieser Groll war ihr geblieben, dass er ihr keine Chance gegeben hatte, sich richtig von ihm zu verabschieden. Sie wollte dieses Ende nicht, sie hatte es nicht verdient. Sie war jeden Tag an seinem Spitalbett gestanden und hatte nach Worten gesucht. Doch er ging, als ich sein Zimmer verliess.

Ich hatte Mutter nichts von meinem Weckdienst im Spital erzählt. Auch die Geschichte mit Dr. Winkler hatte ich ihr verschwiegen. Ich wollte sie nicht damit belasten. Sie hätte meinen Verdacht ohnehin nicht verstanden. Ich verstand ihn selbst nicht. Weshalb sollte Dr. Winkler ein Abkommen mit Vater haben? Wer sollte an Vaters Stelle in der Leichenhalle des Kantonsspitals liegen und darauf warten, verbrannt zu werden?

Als der Bestattungsbeamte uns gefragt hatte, ob wir den Leichnam sehen möchten, hatte Mutter dies abgelehnt. Sie wolle Vater lebendig in Erinnerung behalten. Ich hatte keine Antwort auf diese Frage gehabt. Ich hatte sie immer noch nicht. Ich wurde das Gefühl nicht los, dass es um Leben und Tod ging. Wenn dieser Körper einmal verbrannt war, käme niemand mehr auf die Idee, das Grab zu öffnen, um zu schauen, ob auch wirklich Vater drin liege. Diese Asche würde alles möglich machen. Sogar, dass sich Vater und Dr. Winkler von Harry Lime und Dr. Winkel hatten inspirieren lassen.

«Kannst du dich an den *Dritten Mann* erinnern?», fragte ich Mutter beiläufig.

Sie begann die Filmmusik zu summen.

«Wie kommst du darauf?»

«Nur so.»

Mutter schaute mich an. Sollte ich sie einweihen? Hatte sie nicht schon genug Sorgen?

«Die sind doch auch die halbe Zeit am Leutebegraben», sagte ich.

Mutter dachte nach.

«Wer spielte in dem Film?», fragte sie.

«Joseph Cotten und Orson Welles.»

«Ich meine die Frau.»

«Alida Valli.»

«Genau. Die Valli. Die mochte ich immer so gut. Die hat immer so traurig geschaut. Aber schön war sie. Und sie hat zu ihrem Mann gehalten. Wie hiess er doch gleich, ihr Geliebter?»

«Harry», sagte ich. «Harry Lime.»

«Ging doch auch traurig aus, nicht? Ich meine, er starb doch am Schluss, der Harry.»

Ich nickte. «Sein bester Freund Holly erschoss ihn. Nachdem er ihn verraten hatte. Ohne Holly hätte überhaupt niemand gewusst, dass da gar nicht Harry im Grab lag.»

Mutter konnte mit dieser Anspielung nichts anfangen. Sie war in ihrem eigenen Film. Sie nahm das Wasserglas, das noch immer halb voll vor ihr stand, und erhob sich.

126

«Ich habe den Film hier, ich schau ihn mir jetzt noch an. Würde dich vielleicht etwas ablenken?»

Mutter überlegte, dann schüttelte sie den Kopf. «Ich bin müde, ich geh ins Bett.»

Sie trug ihr Glas in die Küche, ich schob die Kassette in das Videogerät, schaltete den Fernseher ein. Mutter wünschte mir eine gute Nacht. Dann hörte ich ihre schweren Schritte auf der Treppe. Sie kamen mir bekannt vor, doch sie waren weit weg. Ich drückte auf die Wiedergabetaste.

Ich kannte jede Einstellung, jeden Dialog, jeden Einsatz der Zither. Als ob ich gehofft hätte, dadurch Vater besser zu verstehen. Doch die schwarzweissen Bilder dieser zerbombten Stadt kamen mir rätselhafter vor denn je. Auch schöner, dichter, verheissungsvoller. Das machte einen guten Film aus, dass er besser wurde mit jedem Mal, wenn man ihn wiedersah. Aber man durfte nicht davon ausgehen, dass man ihn schon kannte. Sonst würde man nicht mehr richtig hinsehen und hinhören und bald gelangweilt den Kanal wechseln.

Konnte man von diesem Film wegzappen, bevor Harry Lime aufgetreten war? Wird er dafür nicht zu eifrig beschworen in der ersten Hälfte des Films? Von seiner Geliebten Anna, von seinem Jugendfreund Holly, von seinem Jäger Major Calloway, von seinen Geschäftspartnern Kurtz, Dr. Winkel und Popescu? Harry ist immer da, obwohl es fast eine Stunde dauert, bis er in jenem schiefen Hauseingang auftaucht. Immer noch eine beachtliche Leistung für einen Toten.

Es hätte mich nicht erstaunt, wenn Vater in der Wohnzimmertür aufgetaucht wäre, eine Flasche Rotwein in der einen, ein Glas in der andern Hand, und sich in seinen Sessel gesetzt hätte. Vater war nicht totzukriegen. Ich konnte mir meinen Besuch in der Leichenhalle ersparen. Ich würde ihn nicht verraten.

Weshalb sollte ich die Fahndung nach Vater eröffnen, wenn ich ihn nun endlich für mich hatte? Nicht mehr bloss in diesen vier Wänden, in denen er mich gelehrt hatte, die Welt im günstigsten Licht zu sehen. Vater war jetzt unterwegs. Ich durfte ihn überall erwarten, von jeder Leinwand und jedem Bildschirm konnte er mir jeden Augenblick zuzwinkern. Wie Harry aus dem dunklen Hauseingang seinem Freund Holly zulächelte, zaghaft nur, als fürchtete er, ihn zu überfordern.

Ein Mensch verändert sich nicht, nur weil ich mehr über ihn weiss, sagte Anna. Sie liebte Harry eben. Holly liebte ihn wohl auch, aber er musste sich seine Liebe erst beweisen, er musste ihn umbringen. Welch ein bizarrer Umweg! Ich beschloss, Vater leben zu lassen.